[AS COISAS SEM NOME]

[AS COISAS SEM NOME]

· MARCELO PIMENTA ·

COLEÇÃO / DESASSOSSEGO

EDITORAS ASSOCIADAS

Dados Internacionais de Catalogação na Publicação (CIP)

Pimenta, Marcelo
[As coisas sem nome]/ Marcelo Pimenta. — 1. ed. — Belo Horizonte, MG : Quixote Do, 2020. — (Desassossego ; 2)

ISBN 978-65-86942-10-1

1. Ficção brasileira I. Título II. Série.

20-48253 CDD-B869.3

Índices para catálogo sistemático:
1. Ficção : Literatura brasileira B869.3

Aline Graziele Benitez — Bibliotecária – CRB-1/3129

Revisão Cynthia Andrade
Supervisão Alencar Fráguas Perdigão
Coordenação editorial Luciana Fonseca Tanure de Castro
Assistência editorial Jasmim Paixão, João Camilo Torres, Sofia Rossi
Capa, projeto gráfico e diagramação Caroline Gischewski
Lettering Roberto Bellini
Foto de capa Laura Ockel
Comunicação e marketing Claudia Brandão, Sandra Nascimento
Comercial Cláudia Masini Tonioni
Tecnologia de informação Alessandro Guerra

QUIXOTE+DO EDITORAS ASSOCIADAS
WWW.QUIXOTE-DO.COM.BR

Te dedico a tristeza de amar, o vazio da dor,
a dor de me escrever.

OS LIVROS

OS PEDAÇOS DA VIDA

Onde se contam fragmentos da história de Zel e Rita, de uma mulher que recebe visitas, os entremeios de um amor partido, os desejos e dores.

O DIÁRIO DOS PEDAÇOS

Mesmo tentando esquecer, ligam-se os fragmentos no tempo, deslizam os fatos suaves a se explicar e fantasiar.

OS PEDAÇOS DA VIDA

"A nossa vida era toda a vida... O nosso amor era o perfume do amor... Vivíamos horas impossíveis, cheias de sermos nós...
E isto porque sabíamos, com toda a carne da nossa carne, que não éramos uma realidade...
Éramos impessoais, ocos de nós, outra coisa qualquer... Éramos aquela paisagem esfumada em consciência de si própria... E assim como ela era duas – de realidade que era, e ilusão – assim éramos nós obscuramente dois, nenhum de nós sabendo bem se o outro não era ele próprio, se o incerto outro viveria..."

FERNANDO PESSOA

I

Você me assusta, maldita. No chão escuto melhor, o corpo estatelado, cara espalmada, meus desentendimentos pesam, minhas emoções raciocinam, me deixa no chão, quero ouvir que me ama.

Talvez seja a única saída. Não sei, fugir, não sei entender, algo acontece comigo, como se herdasse uma vida partida em pedaços, minha falta de mim, de lembranças, a partida embaralhada. Vocês aí fora sabem.

A contradição arde, me sentir presa em um corpo infinito, tolhido, corro para mim e não chego, perco minha sequência, o que foi antes, o depois, o agora muda, se sozinho, se leva o assunto, não sei, meus tempos se misturam, são pequenos e vivo todas as combinações. E você aí fora sabe tudo, mas como pode ser assim se está aí fora, se não te conheço, se está aí dentro. Você me assusta. Você sabe tão pouco quanto eu, apenas finge, vejo seu sorriso esticado, me escuta.

Sou a vileza de uma culpa ignorada, agonia ignorante, pago quando durmo, devo quando acordo. Misturo pessoas com dias, fico nervosa, ansiosa neste círculo doído, mudo, respostas sem perguntas, sem ouvir o que você pode querer me revelar. Você também me persegue. Giram o tempo, o espaço, quem gira, às vezes te reconheço, seu nome pisca, te vi em algum desenho, quando sua lembrança estica, me acalmo, nos conto, uma sensação sem nascente, retalhos de amor, ainda sinto.

Estou acuada, me olho muito, todos me olham, enquanto tento me decifrar fogem, os entendimentos instantâneos, fica o peso da mágoa arrastada, já devo estar na cama, não te escuto. Penso em nada por segundos tontos, não tem nome, não sei contar o tempo, busco meus chinelos, seguro uma mão gorda, queria a sua, me levanto para sair, tomar a sopa, alguém cuida de mim, por pena, o copinho com remédios, o redemoinho, estou exausta de tanto respirar.

A sequência, se me acalmar poderei reparar a sequência. O que fiz, onde estou, quem me trouxe, era colorido. E agora me visitam, e tento falar com cada um e me encadear, minhas palavras desabam, me acham lou-

ca, mas se eu pudesse tirar de cada um a parte precisa, não sei perguntar, espreito a coincidência, quando lerei meu assombro, talvez queira mesmo fugir. Me confundam achando que perdi, eu me perdi, mas vocês têm a resposta e não me contam, escondem, tenho medo de procurar escondida, sozinha, de me encontrar ferida. Acham que sei, mas esqueci. Eu não sei, já disse, meus tempos não cabem os pensamentos. Me contem, me deixem esquecer, eu vou, eu vou e voltarei à ignorância, ao começo, sempre começo e não paro para reconhecer a saída, então me entrego, tomo a sopa, alguém vem me buscar para a sopa, fiquei agitada, todos me olham, se afastam, tem um gato, ele não gosta de mim, nem meu pai.

Mereço esta cadeia onde estão, quero voltar sem sua ajuda, para te reconhecer, mas você não sabe disso, a porta fechada, te falo silêncios, sei que existe, seu rosto se confunde, com o meu, com todos, a frase esmagada, você inerte, não é você. Vai, me tira da fila da sopa, gosta de mim, acredita em mim mais que eu, me dá a mão e vai me contando tudo, devagar, enquanto caminhamos, enquanto acaricia meus dedos, me diz meu nome, se é você em meus delírios, então acalmo, então vou decorando de onde vem meu sofrimento e pode desaparecer a ansiedade, se esconder de você, tenho todas as frases desconexas. Você não consegue me ajudar, evita o que penso, desconhece seu nome em mim, o meu em você, nem eu sei. Me inquieto, tudo vem a meu juízo aleatório, preciso entender fragmentos, a mente procura atônita, tenta riscar as arestas, ligar primeiro as faces, depois os fatos fogem, espero de vocês as vozes, me contem tudo em alguma ordem, e entre em acordo com a minha, quando meu olhar for uma surpresa. Mas vocês desistiram de mim, me dão remédios, me torturam para ouvir uma desculpa, não tenho, apenas a confusão de enterrar meu envolvimento, o vício de viver apenas o instante da dor, um tiro agudo.

Minha loucura não é minha, minha aflição não é o peso das mágoas amontoadas, é o fato de me perder das lembranças, eu vou sempre esquecer e meu esforço de desculpar-me será em vão. Não sei quem me ouve, repito sozinha, vejo sorrisos tensos, minha tortura são os sorrisos, sei que calo, apenas me escuto, grito explicações desconectadas, minha garganta incha, minha cara explode. Caí. No chão me acalmo.

Meu cuspe é grosso, gosma amarrada, sou recursiva, pesada, arrasto dúvidas esticadas, tenho preguiça de ser, medo de caminhar em razões, te perguntar quem é, se fomos. E se for esta a penúltima vez? Me conta a sequência, sorri para mim, arruma minha mala, com minhas memórias, com você, não vejo a porta, talvez as pílulas, me deixa no chão.

2

[Visita]

Não me decidi ainda sobre a decência desse dia, se te toco apenas, se te miro a fingir entendimento, te miro, para você saber que estou. Me sinto sua parte do lado de fora, me vejo você aí dentro, dos meus olhos, com minhas culpas próprias, não, não te entendo, mas te participo minha aflição, mais que preocupação, não, não consigo me separar de você. Te visito hoje e sempre porque levo todos comigo, caras baixas, enrugadas de pena, pena e obrigação, tédio. Vou eu na turba, senão ficaria, te juro, em casa, seriam todos os dias a seu lado, te vejo sentada com livros, quando você conversa com o teto fico quieta, escuto seus pensamentos, o café te busca, um obrigada perdido, você sempre agradece, mesmo depois de tudo. Perdi o momento em que você se perdeu, ou fui eu, eu me fugi e não te levei, todos comigo e não você. Sempre fico confusa no dia da visita.

Hoje me vesti como nos dias alegres, de saia, aquela colorida, curta, você gostava de agarrar minha bunda e eu me fazia tímida, mas me aproximava, você me abraçava forte, eram de dor os gemidos, reclamações mentirosas, seus olhos desligados do teto, dos livros, de você mesma longe, você fugia para longe frequentemente, mas eu costumava te trazer de volta, você me comia frequentemente, de saia, de cores. Hoje me vesti de sexo para te ver na visita, para mim, me amedronta você ausente, atônita, você nunca viu minha bunda, nunca mais. As roupas de levar minhas preocupações, me desaparecer, lavei, lavo sempre e escondo minhas cobiças, troquei por lágrimas perenes, nem molham meus olhos, escondo o desejo com trapos, nem me tenho para te mostrar, me acabo em medos de imaginar o que não somos mais, me mostrar colorida em você, buscar o teto. Vou a trapos.

Chego ao portão com todos, vamos nas tradições de entrada, nos cuidados, demoram as confianças, são eternos os descuidos. As paredes descascadas, os móveis de metal branco, os corredores com azulejos, alguns quebrados, os de ofício vão de branco, azul claro, não é assim, minhas, as fantasias da tristeza. Cultiva-se a simpatia do que pertence a este eterno, cumplicidade forjada em sofrimento. Os habitantes conheço por vista, por acenos, generosos de lá, eu a derrubar vergonhas, aceno pequeno com receio da hospitalidade se tornar minha casa estranha, não é nossa, mas é. Desconverso com conhecidos, nem sei se a nós conhecem, e me enjoo da sensação de sua descrença, fecho meus olhos, abertos me contam você que chega alegre, me agarra a bunda, eu trocaria meus resmungos por gritos, minha timidez por desvario e te comeria desmedida e viajo em todos os cantos por onde poderia te ter, chego a sorrir, nervosa, escondida a esperança entre a saia e os trapos. Minha saia de cores.

Te encontro como outros, não me desfaço do bando, nem você me aparta. Nos trata no alienado, olha vazios, mas, quando seus olhos trombam aleatórios comigo, te sinto comigo, parece o tempo de você me dizer a verdade, me contar o caminho de ida, e fico pensando em te buscar, te entender. Nem um segundo dura e você já busca outros pousos, eu me congelo em você, fico fria, paralítica, uma vez vomitei, e você viu, achei que me traria um conforto, água, você costumava segurar meus cabelos nos vômitos de noites vulgares, você abusava de minha embriaguez, no outro dia me contava as mentiras. Também te usei, maldito corpo, nem te contei a safadeza e agora me enjoo, de anseio, agora você não existe.

Me refaço no bando, tomo ares de coragem, meus olhos fitam o chão usado, parece sujo e conto barulhos, conto tacos, me desconto. O esforço para me tornar ninguém, não, não confunda com desânimo acordado, me desfaço para me diluir com você.

A despedida me confunde com móveis, inanimada, te encho de sensações, me alago de prazeres. Em nossa casa posso te ter ausente, sempre te tenho. Te mostro a saia no espelho, estou sem calcinha, rodopio um orgasmo triste.

3

Novembro de 2009, era essa a data na folhinha amassada, o prego que a deixava ondulante na parte da porta que me escondia de você, de todos vocês, vinha com uma foto desaparecida, os meses, o mês riscado, risco tenso. Era essa a data de todas as coisas, de todos os meus meses e anos. Minha vida repetida, repetida, até que alguém cravasse o dezembro, então eu sei, deslizaria sozinha pelos dias, preciso deste empurrão a me tratar com verdade.

Lembro vagamente de minha chegada, vi o mundo com um molhado colorido, diminuindo, um mundo qualquer, depois as cores misturadas com faces desconexas, agora tudo gira à minha volta, sou eu rodando o tempo, por dentro, eu cravando o dezembro, sem tempo, quando completo a volta o novembro. Novembro é minha dor repetida.

4

[Zel em pedaços]

Até mereço este lugar melancólico, este passeio lento por onde deslizo, meus pés decoraram as esquinas, meus olhos atravessam um chão transparente, sempre vejo lembranças, flertam comigo, tento me concentrar neste presente esquisito, neste embrulho que nunca quis, nem adiantam os pés costumados se volto ao mesmo portão.

Penso insistente. Você, Rita, foi uma tenção primitiva quando não nos tomavam as caras feias, os olhares imitando desgosto, às vezes castigos insatisfeitos com a explicação. Quando nos separaram as famílias, éramos ainda meninas, brincávamos de crescer.

— Você ainda vai entender, um dia quando for adulta vai até nos agradecer.

E as conversas quaravam acima de nossas cabeças, distantes de nossos braços, as mãos em conchas as trariam a nossos ouvidos. Éramos crianças a fingir adolescência, quando as emoções não falam e vivemos da linguagem presa, tentam chegar à boca e acabam apertando o coração por carência de sair, um túnel sem fim que acaba na garganta. Meu sangue batia mais forte porque sobrava espremido pelo engarrafamento de frases, elas se misturavam na balbúrdia e por isso não entendia bem o recado, mas compartilhávamos segredos incontáveis, mentiras achadas ao pé do ouvido, depois o padre. Tentávamos esconder o mistério do desgosto adulto, mas nem sabíamos o quê, e tomávamos uma saraivada de pais-nossos e outros de decorar em livros e ouvidos desatentos. Era o sinal do recomeço perdoado.

Você foi o prelúdio de minhas desavenças e euforias, o mote sincero ainda a enfrentar. Nem sabíamos, vestíamos as urgências em metáforas engraçadas, transformávamos o mundo em casinhas, flores, famílias, inquietas, nós homens, nós mulheres, crianças, nos prazeres. E ríamos tensas lembrando alegrias guardadas ao pecado, sem saber, escondíamos as verdades que ainda enfrentaríamos, chegariam pelos ventos velhos, nossas malcriações.

— Vocês ainda vão entender.

Hoje ainda não entendo, nem sei onde fui buscar na memória pedaços tão escondidos. Era cedo e percebi em seu sorriso um cuidado, meu cuidado a guardar aquela imagem para o dia em que pudesse entendê-la, voltava amiúde. Quando tal dia desci de meus desentendimentos, senti medo do que faria, toquei seus lábios com os meus, movimento bambo, me refiz rápida como se reconsiderasse a atenção, senti a ingenuidade morando meus íntimos, te amei e te guardei. Com o tempo namorei o costume, aos homens devo os gritos de prazer, solitária, me agarrava em soluços, tropeçava em filosofias enquanto me perseguia o tom do fingimento. Hoje me visto com seus pedaços, Rita.

Você sempre me ouviu, até hoje seus olhos me seguem à medida que capricho nas voltas de emoções, rugas a incomodar, a testa franzida. Um dia, em fraqueza dissimulada, um dia você disse.

— Não te quis mais que mandava o recato, talvez as vontades, talvez as escondesse em meus fingimentos.

Em outro dia me beijou, ficou assim, encontro de bocas secas, afeto queixoso, não sabíamos do esforço para sair do ritmo, nem o ritmo conhecíamos, fomos trocando caminhos em brincadeiras solteiras, juvenis. Na memória desbotada os pedaços piscam nítidos, quando te enxergo ligo as pontes de clarear nossa rua.

Sempre no portão lembro, Rita, então me visito. Você nunca se foi, apenas se escondeu no que sou.

5

Os detalhes sempre ocuparam Zel, sem que se transformassem em observações. Os lembretes, guarda em cantinhos, ela conhece sem precisar visitar amiúde. Os pedaços de infância e adolescência se confundem com o jeito desamarrado. Do depois saberemos a seu tempo, tempo que separa por tantos trejeitos, nos aloja em lugares diversos, em ideias diferentes, dramas, alegrias. Se não é esse mesmo o papel do tempo, contar-nos nossa própria história e nos oferecer, aqui e ali, uma escola insignificante. Nos divertem, nesse caso, a forma, o esbarro em oportunidades, quase sempre nem as notamos.

A outra menina, nem tanto é, chama-se Rita, não gosta de diminutivos, nem paliativos, Rita. Para evitar confusões, conheceremos uma Ritinha.

Nessa época os dias se parecem, sem que assim os levem o tédio. Estudavam juntas, tramavam as brincadeiras iguais com emoções variantes. Moravam nas lonjuras que comem as sensações dos pequenos, visitavam-se durante as tardes, encurtavam os caminhos em pedaladas ou se entregavam às conversas longas, conversas de fingir bicicleta quando estavam caminhando. Zel, curiosa, levava sempre um sonho, sempre diferente, como se estivesse se preparando para qualquer futuro. De fato, não se preparava Zel, apenas sorria para as ideias se pudessem diverti-la.

— Se todos os sonhos te acontecessem, você viveria para sempre, Zel.

Ela mesma ainda não tinha planos que se estendessem além da tarde, mas, de alguma forma, sentia-se dentro dos sonhos de Zel, então se contentava.

— Não espero que tudo me aconteça, mas, se pensar muito, alguém que me vigia os passos saberá o que quero, assim poderá escolher melhor, sem me avisar. Você tem a mim, por isso não se preocupa.

Rita não se preocupava mesmo, tinha um pedaço das emoções trancadas fora dela, como se existissem duas Ritas, uma pertencia aos sonhos de Zel, outra percebia tristezas, sem saber a origem, sem saber se viriam em forma de acontecimentos, ou se ali mesmo habitariam para sempre, sempre ameaçando. Tinha pesadelos, acordava assustada. Alguns contava para Zel.

— Você sonha pesadelos para poder fugir deles ou porque gosta do medo?

— Como se foge de pesadelos, Zel? Ninguém gosta do medo.

— As coisas ruins só acontecem uma vez, quando não esperamos. Os pesadelos servem para espantar tristezas que seriam reais, mesmo sendo assanhadas lá dentro do pesadelo, elas acordam e fogem, as tristezas. Se você sonha que vai cortar o dedo no outro dia, pode saber, não vai – ainda explica Zel – Eu mesma, quando não quero que alguma coisa aconteça, penso bastante nela, depois esqueço e nem reparo nos desacontecidos.

— Uma vez contei umas coisas para o padre, ele continuou olhando o chão, procurava a voz embaixo do banco, eu acho, depois olhou para o Jesus da cruz, como ele não aconselhasse nada, disse apenas para eu rezar, ali mesmo na hora.

— Sei que não tem graça, mas o padre deve ter muitos segredos bem maiores escondidos, e devem ser tantos que acabaram os remédios, nos manda rezar sem fim para pararmos de pensar nos medos e nas vontades, para isso serve a repetição.

— Tenho meu medo, mora escondido, Zel, não sei o tamanho. Procuro por ele embaixo da cama, dentro do armário, mas não conheço. Às vezes minha mãe me pergunta por que olho embaixo da cama antes de dormir, procuro o medo, Zel, mas tenho vergonha de falar. Tenho vergonha de falar muitas coisas, até com você.

A cidade é pequena, tão pequena que nem nome tem. O pai de Rita faz uns biscates com sucesso, o de Zel é médico. As mães guardam a casa, da poeira, dos olhares, guardam a casa do resto, para que ali more tudo em mistério, por desmerecimento de explicar.

6

A escadaria, que alcança a varanda da casa dos pais de Zel, era uma montanha por onde poucos subiam. Tinham segredos os degraus e apenas os iniciados, as duas, conheciam as cifras do caminho, os lugares onde pisar, o ir e voltar, as flores de tocar e contar segredos, ou senhas, até conquistar. Uma vez lá em cima, deitadas nos bancos, sentiam-se donas de todas as verdades disfarçadas.

— O que você vai fazer quando for adulta, Rita? Eu quero ser médica, às vezes é triste ver pessoas doentes, até vejo meu pai preocupado, visitas noturnas, volta calado com a cara de ver gente morrer. Não sei, quero assim mesmo.

— Eu tenho uns pensamentos diferentes, Zel, ou são eles que me têm, nem sempre, mas, quando chegam, fico confusa, perco minha sequência, sem saber o que veio antes ou depois.

— Diz logo esse mistério, Rita.

— É que o pensamento chega enviesado, de mansinho, vem se escondendo até que não consigo me livrar dele. Então penso.

— E?

— Penso em como seria se eu nunca tivesse existido, ou se todas as pessoas que conheço, de uma hora para outra, se esquecessem de mim. Como será que eu me sentiria?

— Você eu não sei, nem eu sei – Zel olhava para cima sempre que precisava imaginar.

— E se eu pudesse ver as pessoas me procurando, mesmo sem eu existir, ou procurando algo esquecido, só não se esqueceram de parar de procurar?

— Como o sabor da goiabada ainda cozinhando, sentimos o gosto sabendo do tacho. Você seria uma goiabada que deu errado e foi para o lixo.

— Não, Zel. Não é bem assim, como se eu desaparecesse. É como se eu existisse sem ser lembrada, ou como se eu nunca tivesse existido e fosse lembrada.

— Eu vou sempre me lembrar de você, Rita, mesmo quando for uma goiabada estragada.

— Eu não vou ser uma goiabada estragada, Zel, mas sou um pouco desconsertada. Você é assim mais tranquila, sabe até ser médica, eu quero coisas que não me falam seus nomes.

— Eu também não as conheço por nomes, mas não me importo. Me contarão um dia, quando chegar a hora saberei.

— Eu quero saber antes, mas não consigo. Por isso fico dando voltas nos pensamentos, achando que não existo junto com as coisas sem nome. Somos mesmo esquecidas, eu e tudo o que não me apresentaram. Então não sei o que vou virar.

— Um fantasma?

— É, talvez eu vire um fantasma. É isso, quando crescer.

E riam as duas, riam de tantas as liberdades da varanda, de lá, depois de derrotar a escada, comemoravam a distância do mundo. Deitadas mesmo, rodavam imaginação como no carrossel do parque. A terra era um lugar ermo, vazia de significados, caberia a elas inventar todas as ideias. E, como o tempo também não existia nos relógios, podiam rodar os ponteiros sem jeito, sem sentido, a continuidade emancipada, como no carrossel do parque.

Nesses momentos lúdicos, ainda de mãos atadas, elas entortavam a cabeça buscando-se, de modo que os olhares entrassem nelas, percorressem cada corpo sem destino, travessos e tímidos, temidos ao mesmo tempo, ao lhes mostrar ansiedades, aflições engolidas.

7

Pensamento trançando, assim Rita se referia a esses dias quando não fixava raciocínios, olhava tudo, impaciente, passeava sozinha em qualquer lugar. Zel a acompanhava, calada, tinha estes mistérios domados, mistérios de Rita.

Passavam tramando sem rumo, desarrumadas, em frente ao Barco dos Loucos, como chamavam na cidade o hospital psiquiátrico.

— Mora aí entre os loucos uma mulher – comentou Zel a puxar assunto – Dizem que amou tanto até ficar vazia, ela se derramou para ninguém roubar seu amor, nem ela.

— Aí mora ninguém, Zel. Eu mesma nunca vi ninguém saído daí, nem vi algum entrante. Moram as histórias, nos contam para nos amedrontar.

Súbito um homem, parecendo ser um porteiro.

— São histórias mesmo, menina, contaram nada mais que a verdade. Mas são histórias só aqui fora, lá dentro não há nada, é um vazio sem fim, na loucura não mora deus nem o diabo.

— E o senhor? O que faz aqui?

— Sou o zelador. Eu guardo as histórias de fora, de modo que não se confundam com as de dentro.

— O senhor disse do vazio lá de dentro. Vazio tem história?

— Depende de onde você olha, menina. Daqui para lá não verá nada além de corpos ocos, perambulantes. De lá para cá só eles, os corpos, nos diriam, mas não existem.

— Mas que louco é esse que não existe em um vazio tão grande?

Ele apruma uma cabeça longa, demora segundos e sorri para algum céu antes de resumir.

— Vocês não se conhecem, menina, só foram apresentados sentados em suas razões próprias – continua, passeando de volta do céu, a parecer que deixou lá a sabedoria que foi buscar – nunca se conhecerão.

— Como se eu existisse sem ser lembrada.

— Mas qual razão diferente têm esses loucos desconhecidos?

— Lá é o lugar onde a loucura pode ser ela mesma. Sua razão, menina, mora dentro da loucura, por isso você a percebe, todos vocês, mesmo sem ter lá pisado, mesmo desentendida. Os pensamentos, vazios de significado aqui fora, lá nos divertem.

— Uma razão divertida. Não entendi nada, Rita, e você?

— Os meus pensamentos diferentes.

— E o que mais mora no vazio?

— Muitas coisas meninas, tantas coisas, tudo que vocês não sabem e nunca saberão daqui de fora. Como se vocês mesmas inventassem as horas e tudo dentro dela coubesse, ou nada.

— Então eu poderia desejar tudo lá dentro? Como faço para entrar? Vamos, Rita?

O homem espera segundos lunáticos antes da confissão virar palavra.

— A liberdade, ela sim é a única zeladora. Mas não pense que é fácil, eu conheço lá e cá e sei bem do caminho, não há volta daquela imensidão desprovida de costumes, provida de nada, de tudo sem nome.

Rita passeia sozinha em algum lugar, deserta a conversa, parecendo calculada sua ausência, um dia também não terá nome. Intromete-se impaciente.

— Desejos temos todos, mesmo quando não podemos ter, é perigoso, Zel. Eu não posso fazer tudo que quero, nem devo, ninguém deve.

— Pois é assim que morremos, meninas, mesmo com sintomas de vida.

— Como se eu não existisse.

— Temos uma varanda e lá também somos donas de tudo.

— Os olhos dos loucos enxergam poesias, meninas, versos tão simples como uma música de sonhar.

— Eu sonho muito, mas não escuto música dormindo, nem vejo poesias no escuro.

O homem sorri generoso. Zel ainda curiosa. Quem seria a liberdade? Que desejos teriam tanto perigo? Que poesias ouvir? Como sonhar em música? Ela ainda se vira, as dúvidas transbordam, as palavras pulam de volta antes de se transformar em pergunta. Ele já se retira, arrastado por outros dois, sua silhueta vai à frente, a porta fechada, uma voz fica atrasada, até o silêncio guardá-la.

Rita impaciente engana temores, puxa Zel pela mão, andavam de mãos dadas, pensamentos dados, mesmo quando trançavam tortos.

— Vamos, Zel. Qualquer um pode ser louco, é só entrar.

Em casa continua Zel.

— Pai, por que algumas pessoas ficam loucas?

— Por muitos motivos, minha filha.

— E que motivos são esses? Se quiser posso ficar um dia? E Rita?

O pai, médico, já se apruma em conhecimentos, veste a previsão, adianta um discurso pronto há muitos anos, ela já em jaleco branco, estetoscópio, livros, ele penetra o tempo, fala em transtornos mentais, psicopatias, esquizofrenias e outras ias. Ela atenta, falseando erudição, tira os óculos pensativa, ele alisa vaidades, reflete.

— Pai – e as imagens diminuem, lentas até coincidirem com o alcance da vista.

— Hora de dormir, Zel, para cama.

E foi. Com seu jeito de andar cabisbaixa, pisando durezas e contrariedades, nestas horas costura suas opiniões, desajeitadas. Deita-se na cama vazia de sono, ela mesma prisioneira da dúvida.

— Qualquer um pode ser louco se roubarem o amor.

8

Do notado de fora, a separação da adolescência significou nada para Zel, dispensou saudades, o resumo do adeus foi um aceno. Improvável conjugar em mesuras tão distantes apegos. O que as uniu escolheu um lado, apenas um, e lá morou. Ficou Rita a esmiuçar as vontades, sem tantas vontades quando ainda rodopiava em surpresa, perplexa, um buraco repetido, foi o que sentiu, o buraco repetido, foram momentos guardados para nostalgia. Zel simulou uma lágrima na partida, fajuta, logo voltou. Ela agora mira passeios, leva-se em um corpo sempre disposto, sempre saindo. E fica a impressão do encontro, mesmo na miragem.

— Tchau, Rita. Te vejo amanhã.

Rita acenou para o chão, para onde fugiram seus olhos.

— Te vejo na varanda – e a varanda já se perdia sem foco, o olhar molhado, o carro se perdia em lonjuras, apenas o chão ficou para amparar seus olhos.

Não se viram mais, por muitos anos não se viram. Zel se mudou de casa, uma cidadezinha próxima, a rua alargou-se e o passo foi miúdo, miúdo e lento demais para se alcançarem, as pernas encurtaram para combinar com elas, pequenas. Foram os pais de Zel tecendo desculpas e forjando outra vida, outra onde não existisse Rita.

— Não está certo, a relação dessas duas, não se largam, este grude, sabe-se lá do que brincam. Não está certo. Aonde isto pode chegar, meu deus?

Na privação do desconhecido decretaram nascê-la em outro lugar, preencher outros vazios e torcer que ela copiasse os costumes, a moral. E tudo mudaram, até as vergonhas que se tinham.

Zel se encolheu na vida, diz-se de quem troca aventuras por desvelos, atalhos por onde a vida vai mais suave. Não negligenciou os estorvos infantis, pode nem tê-los tido nas contas da realidade, mas em nossas memórias, cá de fora, parece mesmo que preferiu o desdenho. Perderam-se os registros, a fotografia das mentiras.

Para coincidirmos com esse destino inventado há que revisitar Zel, encontrá-la neste meio, meio explicada, pouco entendida. Não esquenta lugar, carrega-se daqui para ali sem lhe incomodar as traquitanas. Em Zel o corpo levava nada mais que as tripas e muitas opiniões, emoções também, que não dividissem sala com seus receios. Afora, uma mala de poucos trajes.

Não confunde reflexos com razões, alegra-se em tê-los e se festa não merecem, inventa a parte faltante. Não incomoda o mundo com otimismo extremado nem desfila em crenças suas animações minguantes. Ela apenas se amiúda, restringe o espaço de emoções para digeri-las, para apelidá-las felicidade.

É nesse mesmo tablado, nesse cenário ditado, dali trata de conhecer os bocados de vida, os pedacinhos tratados em carinhos controlados, se desfaz do bem-querer como um dia plantou, não sabe disso. Se revelado o segredo saberia, sente apenas o que pode carregar, ou carrega apenas seu circo sem cores, a malabarista sem malabares nem bolas, a bailarina torta. Nada disso importa à Zel, risca no chão seu plano miúdo, um dia, vive mole, aberta, paquera o mundo quando se enfeita de tudo.

Com Rita foi diferente, enfrentou a família estrábica, o pai e a mãe desfeitos, dois intrusos em uma casa construída de pesadelos que não queria habitar. Entulhou-se da inquietude que atropelava a cada dia, toda, à noite, não sabia por quê. Um dia soube, mas já não era mais tempo. Perdeu seu jardim de alegrias, os dias com Zel eram mais que brincadeiras, o único lugar onde Rita guardou esperanças. Sua face caiu, o sorriso já minguado nem Zel soube imaginar à distância.

— Tchau, Zel.

Pensou em já virar o fantasma.

9

Quando converso com você, não te vejo, ou vejo o que não é, pode não ser. Nem o falado chega a seus sentidos, choro muito, minha cara parece sempre inchada. Você brincando com outros olhares, impassível. Você conversa com um homem de branco, você sorri para os lados, não vejo os lados, vejo sua distância, só isso vejo. Saio em círculos, não sei se ando ou são meus pensamentos que me imitam perdida. Quero te contar, quero te pedir, te explicar. Talvez eu mesma não me tenha mais, o que te contei se tornou mentira, ou apenas minha incapacidade. Posso ter fugido para mim, pode ter me encantado uma lógica nunca trilhada, eu respirando novidades, pairando acima dessas misérias a nos culpar incessantes.

Quando converso com você, converso comigo. Invadiu-me. Minha voz não sai. Como se tivesse um intérprete, não me responde, não me entende. Me invadiu outro, não sou eu, mas mora comigo. É ele que você vê, com ele você tenta conversar, mas ele não me conhece, nem você ele co-

nhece. Você está aí, te vejo, vejo alguém, te falo meus encantos, te agradeço, me desculpo. Engasgo e você me olha intrigada, não esconde a intriga atrás do sorriso, não me entendeu. Foi ele, esse que me encapsula, ele não me repete, ele não me repete. Caralho. A respiração me toma inteira, não desisto, não desisto nunca. Te chamo, te busco, são minhas estas mãos, te buscam perdidas, tenho mãos que desandam, tenho alguém comigo, tomara que seja você, em algum momento me olhe, quero distinguir alguma certeza sua, você me achando, eu conseguindo fazer um buraco, esta casca me ouve, ecoa minha voz, eu, sim, me escuto, escuto tudo que disse sempre, um eco de tantas vozes, são todas, ficaram todas presas. Só eu me escuto, meu silêncio nessa caixa de ecos, sou um pensamento sem dono.

Me pertence seu amor. Tenho sonhos, sabe? Sonho com você. Sonho sem você. São passagens estranhas, sonhos são sempre estranhos. Me fazem carinho, me acaricia o desentendimento. Nada percebo, ninguém reconheço, sumiram sentidos, quando acordo, sumi do sonho e você vaga estranha, você sorri para mim, me beija, tenho nojo.

Éramos nós duas nos olhando, te chamo, nada me responde, você não me responde nos sonhos. Você tinha uma horta, tínhamos uma casa, você lembra? E você plantou essa horta, em círculos concêntricos, cada planta tinha sua órbita. No meio você deixou os tomates, tinham a forma de corações, vermelhos, você gostava deles porque eram corações, se entrelaçavam em você, confundia com afetos. Você esculpiu uma horta de carinhos. Te vi passeando de botas, você ficava engraçada de botas. E tirava matos, eu mesma nunca soube a diferença entre plantas e matos. Você acariciava os corações, às vezes secavam mesmo assim.

Esta tarde, era bem vermelho o sol, se punha atrás e eu te via rodeada de vermelhos, os tomates de corações você trazia nas mãos, você me contava alegre, me mostrava plantas, tinham nomes, nomes que as plantas têm. Eu cavoucava a terra com uma enxada dura, molhava e você me apresentava a cada uma, nos tratávamos sem nomes, eu e os matos, tinha uma afeição diferente pelos matos, por não serem ninguém. Depois nos sentávamos no resto do sol, você com as ideias da alegria plantada, era alegria sua horta, era vida circulando na terra e te fazendo dona da felicidade.

Acordei com alguém me sacudindo, alguém sempre me sacode, nunca sei o motivo, comida, e faz com a mão como se me chamasse para dentro, remédio, e me entrega um copinho com olhos sérios, a cabeça sacode em minha direção, visita, olhos e bocas esticados em fantasia de sorriso significava visita, e achei que você chegava.

E a respiração não cabia em mim. E a briga comigo para te conquistar de novo, te entregar mais tomates, te mostrar o nome das plantas, arrancar os matos. Não consigo arrancar os matos.

10

Zelo com a solidão. Se pudesse procurar em sentenças, pequenas, se esconderia nessa. Aparece quando os assuntos se espalham em rasuras, boiam na mansidão, ou quando alguma euforia repetida chateia o manuseio das razões. Aparece vestindo as urgências daquele tempo, pequeníssimo, enorme, não, ela não se dá com o tempo. Então vasculha o pensamento, costura os anônimos até formarem uma rede, amarrada em sua parede, pendula cínica, ainda desconhecida. Ali se concede a ternura miúda de vadiar com a ignorância, de sondar seus desejos. Quando se importam com ela, aperta seus nós, mas prende em laço de fácil soltar, e mesmo solta. Ela não se dá com vontades. Amarra-lhe também a rede, tece uma camuflagem sufocante, ela se engasga com as ideias da solidão, dos abusos. Se pudesse achar sua voz, se pudesse, quase concordaria com sua tia.

— Ordinária – mas, não, prefere agradar ao seu exílio.

A tia vagou por sua vida em época dolorida, o desassossego inchando e uma angústia inerte a manusear a alma por dentro. Foi quando Rita se desentendeu com o pai por umas sem-vergonhices lá. A mãe se intrometeu por ela, só piorou. Decretou-se o degredo temporário na loja da tia, essa, irmã do pai. Rita não sabia do trato e testemunhou desaforos, jogou-se na rede suja, balançou inerte, tramou armadilhas.

— É bom que não vai ter tempo para pensar essas bobagens – grita baixo a tia, ela tinha essa braveza que fazia toda voz ser um grito baixo.

— Nem ele – talvez pensasse assim Rita.

Recusada, sentiu a profundidade do descaso, foi ela de malas e tralhas, poucas, para a casa, ficava no andar acima da loja. A tia considerou um estorvo desnecessário, umas chineladas e essa menina entra nos eixos, chegou a comentar com o irmão. Estorvos naquela família não faltavam, mas isso não sabia D. Lúcia, acolheu Rita com bons tratos aparentes, mostrou-lhe um quarto, nem era.

— É isto menina, temos isto – só a chamava de menina – Se ajeitar estes cacarecos num canto pode ser aí a cama e não jogue nada fora.

Nem cama era, depois virou, mas nos primeiros dias doíam-lhe as costas e costelas, aquela mistura de palhas e panos. O tempo costumou, ela desligou assuntos, separou os doentes dos doídos, como se dormisse partes, como se excitasse outras a remediar. Não foi gratuita a diversão vadia, não à toa jogou graça para um menino, ajudante de D. Lúcia, fazia dele e desfazia também. Uma vez disse ao atrevido de outros assanhos que a esperasse sem roupa, deitado na quase-cama, não saísse enquanto ela não chegasse. A excitação e o medo moram perto, então ficava o menino, de quem não lembra o nome, nu e em suores intensos, não se cabia no corpo minguado, sentia-se expandindo e voltando em espasmos reprisados. Era D. Lúcia a gritar por ele, ele fingindo mudez, ele explodindo, e Rita.

— Menina, vai procurar aquele desavergonhado preguiçoso, ainda moleque e já tão relaxado.

— Já vou sim, Tia, já vou.

Ele ficou lá toda a tarde, quando teve que sair, não foi de Rita que teve raiva, foi dele mesmo. Ela aumentou a cobiça, vinha misturada, cansada, expulsando outros raciocínios, fazia isso sempre que aprumava o tédio ou precisava descontar qualquer desgosto, desses que chegam sem avisar. Ele sempre ia. Até o dia da partida de Rita, ele sempre foi. Ela o tratava com o descaso de quem não tem palavras para gastar, nem precisa. Ele nem nada era. Rita pode ter nunca pensado sobre a penca de emoções, de tentações que ela entregava àquele garoto. Sabia, ainda sem consultar razões, apenas mandava nele, de forma intransitiva. Disso gostava.

II

O desejo cresce nas revoltas da monotonia, antes de esculpir o gozo silencioso. O orgasmo solitário machuca, espreme pecados, a madrugada é sempre dona dos pecados, então se pega em preces caducas, ilude a razão e isso sabe. Não se explica, treme-lhe a alma, rodeia pelos enredos do medo, mas nenhuma mão se estende.

— Aqui, menina, vem por aqui.

Rita carrega sonos repisados, desfruta engodos acordada. Não ouviu ainda as explicações, nem as ouvirá todas, os instintos vão tomando sua forma, ela em disputas com o desconhecido, em respostas que não perguntou, persegue desorientada alguma sentença, alguém para ser, ainda demora e não se desvendará toda. Agora descobre angústias na receita dos dias, nos sonhos malcriados.

— Ordinária, parece dona de outro mundo, se te encontram os maus agouros, trabalha, reza, por menos.

Cai um corpo quase nu, aquele mesmo homem. Ela embrulhada em receios, os passos leves, ajoelha-se bem ao lado, o cheiro lambe vontades desconhecidas, impregnadas, um coração bate em segundas variantes, a respiração suada, as mãos deslizam por uma camada fina antes da pele, nunca o tocou. Deixa-se apenas, despida, a carne dedilhada, o peso abafado de outro corpo em reflexo, movimentos idênticos, deslizam, gemidos se confundem, a boca árida, seus braços erguidos, ela deformada, se contorce inteira, suas mãos presas, as pernas imóveis, a face sufocada, encolhida. É como se solta, encolhida.

Ela espanta as imagens medonhas lá dentro do sonho, se irrita em prenúncio de acordo, engole perguntas, assiste ao início do dia a vacilar pelo vidro sujo da janela, é como se sente.

— Ordinária, apura-se, falta não faz sua ajuda, mas ao menos te livra das distâncias, olha as horas – ouve o grito, o juízo em dúvida entre o sono e o susto, o suor não acalma, engole a moleza do corpo.

O trabalho não custa esforço de pensar, as mãos trançam de lá e cá em manejo indiferente, nem sabe o que faz, o que mandam, entre os toques de uma companhia irritante, o grito de começar e parar qualquer coisa. São todas mulheres, duras, fortes, agudas em comentários que um dia entenderá. Um dia entenderá a mistura desigual a espantar apreço, antes arcará com o arbítrio, este caminho torto por onde fará todas as contas.

Ordinária, também se acha, quando descumpre o ritual do trabalho, perambula por inquietudes, então a levam os desencontros com certezas, cercam-lhe as culpas. Cobre os olhos com as vergonhas emprestadas, cobre com as mãos espalmadas, consumadas pelo hábito de sempre se explicar, sempre magoar seus costumes, não que se envergonhasse de algo, era de si, de não saber conjugar suas verdades.

Anoitece e reza, contas suadas e gastas. Deita-se engolida, mesmo assim sua mão desliza pela barriga, abre espaço entre as pernas e sua quando se toca tímida, molhada, o sentido zanza seu orgasmo quando se estende nas minúcias dispersas, saberá o dia de amarrá-las em modos seus e não demora, agora espreita a noite e aluga um sonho.

12

[Zel em pedaços]

Dias sem te ver, nem sei se te verei ou apenas o vulto. Fico na expectativa de que seja você atrás daquela outra, daquela mesma, de mim. Se pudesse te escrever orações que te encontrariam, se nem te escuto, se nem minha voz altera sua face. Vou com Ritinha, levo o livro com meu nome, vamos comer bolo, você sabe, tomar chá ou café. Ela quase sempre dorme, é quando leio as mesmas histórias, quando toma conta de minhas mãos a vontade de escrever memórias.

Hoje te escrevo apenas minhas, não me lembro de termos comentado sobre nosso divórcio de infância, combinamos não querer saber, como se ligássemos a infância ao reencontro, agora à sua ausência, minha. Você continuará sem saber, eu, sim, saberei te contar, ter te contado. Como te explicar minhas dores escondidas em descaso, em um passeio, como te explicar que tratei com medo aquele mesmo dia quando nos despedimos? Você não viu minha lágrima, se nem eu vi.

Nunca me fez falta esse acerto de contas, nunca sentimos como falta esse período perdido, simplesmente adiantamos os ponteiros até nos reencontrarmos, as rodadas do tempo consideramos rápidas, ficaram as sombras esticadas no chão de algum poente. Como um filme chato, pulamos pedaços, pulamos demais, se chegamos ao fim, pulamos demais.

Quero desenrolar esse tempo, te contar em palavras pequenas o aparto, o que você foi quando achou que nada foi. Queria tanto te ouvir também, quero dizer, te ler mais, ler em diálogo, como se os verbos descrevessem nosso beijo, dessem desejos às bocas, como era. De quem seria este poema?

Não tive coragem de olhar para trás, Rita. Festejei a mudança sem saber que era real, não te veria. Minha imaginação menina passeou por brincadeiras nossas, na varanda, na manhã te veria outra vez, talvez te esperasse do alto da escada, te abraçasse, você sempre mais calada, eu trabalhando em fantasias, você me seguia. Não desta vez.

Nem em tantas distâncias mudei, mudei os hábitos, quando queria te ver te fugiam de mim, me inventavam em outros lugares, me deram novas bonecas, amigas bonecas, nenhuma me deu a mão quando precisei, então não precisei mais. Não mostrei a ninguém o desencanto, nem a mim, se atravessei outras alegrias até chegar.

Caminhei igual, Rita, sua falta eu travesti, nem lembranças, só fui reparar quando nos vimos de novo. Me enchi de rumos, tomei aleatória, nunca dei trela ao destino, sem você. Testemunhei essa sequência de eventos, chamava de vida, nada de planos, como se tivesse o destino de não ter. Não me tornei médica, isso você sabe, mas me tratei com suavidade, até demais. Contei com ajudas sem pedir, estudei sem gostar, trabalhei aqui e ali como caía.

Nunca te contei, me confundiram paixões, amei o que conhecia do amor, se cabe no coração mais, nunca tive. Namoros festivos que desdenhavam dos conflitos. Sabe, Rita, me casei na forma do costume, qualquer, não me importei. Disso nem te falo mais, durou o tempo de acabar, foi só. Outros também tive, nunca se esticaram o bastante para dar certo.

Aceitei minha nova varanda, revi meus olhares, os de fora apenas. Procurei não me perder de você, sem motivo escondido, sem expectativa gravada, também não rasguei. Se não me alonguei em diálogos, dei fim a começos, foi dúvida, Rita, foi receio. Isso consegui sem que me aprisionassem os pensamentos, dos sentimentos nem falo. Me deixei nas descidas suaves, mais que nas subidas, me levaram as facilidades e nunca resisti, nunca tive seu olhar fixo, seu passo determinado, sua impaciência com as coincidências, até te reencontrar, te contar de novo meus sonhos, dormindo, navegar em nossa varanda eterna, me engasgar de você, de tanto você me achar. Tivemos Ritinha e, desta vez, você nem descobriu, ela nem te chamou.

Pouco te conto, se você nem lerá, nem eu, já guardo o guardanapo manchado da tinta lenta, se espalha lenta.

— Vamos para casa, Ritinha.

13

Viu apenas uma capa de livro, cruzou os braços sobre a mesa, como se abraçasse a aula perdida em distrações, a cabeça caiu de olhos fechados. Rita dividia o tempo entre a escola desanimada e o trabalho amolante na loja dos tios, mandava e desmandava no garoto quando o tédio exagerava, quando ele merecia pela saliência, mas até isso foi minguando. A tia, D. Lúcia, de severidade demonstrada, continuou o destrato, chamava de educação.

— Preguiçosa, malcriada, tem razão seu pai – não era um grito, mas falava com uma raiva sem começo, ajudava com tapas – Vê se acorda, menina, se não estuda, vai trabalhar.

O tio inerte era Frederico, Sr. Frederico da loja de tecidos. Em casa mandava D. Lúcia. Ela enaltecia as irritâncias, exagerada em zelos e antiguidades, ele fingia ouvir, até concordar. Viviam uma rotina de cerimônias, a estrada cumprida do enfado. Rita assuntou dissimulada, ouvia os "vem aqui, meu bem" obrigados e não atendidos, ele insaciado, ouviu o barulho divertido da sedução camuflada, começou o trança-pernas.

A saia parecia encurtar-se na presença exclusiva dele, os olhares deixaram o chão e passou a encará-lo em qualquer presença, passava mais perto, resvalava-lhe amiúde, a voz em tom de mulher tomou-a com pouco mais de 13 anos, cuspia-lhe amostras de prazer. Sentiu a respiração alterada de Frederico, seu tio Frederico, tinha as rédeas mais uma vez.

— Tio, pode me ajudar?

— Como está quente, estou toda suada!

— Que sede! – falas perambulando no ar.

O sinal definitivo surgiu na mão dele, o copo com água gelada.

— De uma vez castigo o pai e a tia – pensou. Malcriada.

Não teve pressa nenhuma. Cozinhou o tio em água morna, avançava e ele se espremia de vontades, as emoções engolidas. Quando o notava escondendo decências, movimentos minúsculos, ela se retraía, fingia infantilidade. O homem já varria loucuras, não se controlava. Ela manobrava equilíbrios, sempre instáveis. Sozinhos no quarto de guardar os panos, ela sempre ia na frente sabendo que seria seguida. Quando ele entrava, ela saía. Às vezes ficava, passeava o olhar pelos tecidos, absorta, passava perto dele.

— Dá licença, Tio, apertado aqui, pega aquele para mim.

Um dia, os dois, em pontas de pé, não conseguem alcançar um rolo, desprezam a escada e ele a pega à cintura. Vou te ajudar, falou ofegante. Ela quase nem se moveu, mas foi o bastante para que o bigode lhe roçasse a face.

— Ai, Tio, como espeta seu bigode.

Frederico foi tomado pela masculinidade empalhada, acudia a estima, no espelho mais bonito, mais macho, como se pensava. Olhava para Rita, ela sorria para o chão em seriedade maliciosa.

— Tá mais bonito hoje, Tio.

Até o dia, depois da novela que obrigava a família, saíram todos. Até o dia. Rita se despede do tio com um beijo, faz mais molhado, mais demorado, os lábios tocam levemente o bigode antes de tingir a face.

— Pinica, né, Tio? Eu não queria um namorado com bigode. Desculpe, nem idade tenho para isso, digo, para namorar, não para beijar – alfineta. Malcriada.

Ela saiu se espreguiçando de costas, o vestido encurtou-se, o olhar chamava-o para cama, ele tinha certeza, paralítico na cadeira. Os detalhes sobre as voltas e voltas que avessaram as prudências de Frederico parecem óbvios.

— Frederico, Frederico, olha o que vai nesta cabeça – repetia sempre em cochichos vigilantes.

Rita parece que ouvia desejos, estava sempre no lugar certo, com a boca certa, as pernas longas, o decote infinito. E a tentação assalta o tempo, cada olhar rouba o contexto. Como um inseto não evita a luz mortífera. Rita era luz. Malcriada.

— Tio, me ajuda com aquele rolo lá no alto? A tia me pediu antes de sair.

O olhar em partículas, quando a viu de novo já estava em seus braços. Rita parou quando ouviu a respiração mais intensa, explodida. Sua boca sentia o ar quente. Os segundos se converteram em espaço, espaço entre bocas lacradas. Frederico chegou à ponta do abismo, desviou raciocínios, ponderou inconsequente, o olhar derrotado, Rita percebeu e atalhou o precipício. Passeou seus lábios por ele sem tocar. Uma língua lenta ameaçou úmida, o olhar galante da vitória.

— Obrigada, Tio – a sentença punhal, disse levando o rolo imprestável.

Frederico tenta puxá-la, os braços trementes, quando vê que qualquer som seria um gaguejo, guarda a voz, pálido, fraco. Ela já está saindo quando lhe entrega malícia.

— Outro dia, Tio, outro dia.

A sensação de conhecer uma conclusão sempre adiada, esticada amiúde, como um barbante, vai desfiando, ele junto, não gosta de se ver desfiando. Espera o tempo voltar, não volta, a corda a partir, não parte, também não o aguenta inteiro. Ele agora é um retalho solto, um boneco de ventríloquo a imitar as vontades de Rita, a desenhar sua imagem antes de tudo. Rastejam os sentidos a amaciar os caminhos, caminhos de Rita.

— Outro dia, Tio, se o senhor merecer.

Deu-lhe outras carícias, muitas, se contarmos em poucos anos o tempo que gastou por lá. Sempre remediado o prazer. Nunca foram surpreendidos em impertinência, mas aos olhares mundanos, inclusive, e principalmente, de D. Lúcia, havia ali um ferrolho, um cisco em cegueira. Todos sabiam sem querer saber.

Com o tempo, pouco, D. Lúcia se meteu em seu buraco humilhado, alagada de irrelevância. Todos sabiam quem dava as ordens na casa, na loja, calada.

— Nem um pio quero ouvir.

O pai engoliu securas diante do poder, já que, aqui e acolá, prestava serviços a Frederico. Secou um poço. Secaram orgulhos, visitaram as desculpas, sem jeito, sem vergonha, sem-vergonha. Rita apenas ouviu baixinho – Sem-vergonha, malcriada.

Mais tempo e o brinquedo quebrado, o tio Frederico rastejante jogou na gaveta das insignificâncias. Nem o destilo da raiva subiu-lhe aos prazeres, nem raiva sentia, nojo. Juntou os pertences, o dinheiro acumulado em promessas, um coitado sempre disposto, mandou que montasse casa e foi com ele. O tio afrontou com o pior sofrimento, o sofrimento do desejo amassado, massacrado, do prazer omisso onde se esconde a angústia malcriada.

— Nenhum dia, Tio.

14

Pouco acrescentaria dizer de outros, foram muitos, homens, mulheres, de qualquer idade, raça, cheiro, gosto. E fica sempre a impressão de que termina mais relacionamentos do que começa, talvez todos os dias sejam mesmo um pedacinho do fim, até que ele chega esmagando, como se o último pedaço desamarrasse todas as tranças da corda insistente a manter o dia seguinte.

— São apenas marionetes, me divertem enquanto a vida não chega.

A maturidade lhe trouxe mais gentilezas com o afeto, suavizou-lhe o instinto e se quis mais íntima. Por hora Rita ainda é essa moça de encantos e mistérios, segue deliberada, aparentemente sem rumo, quando seu rumo é a próxima conquista, então mede os esforços com cerimônia, trama a teia malandra de grudar objetos, se gruda e nem percebe. Rita guarda o mundo em destratos, desconta os fragmentos que a entopem, não a desligam do antigo. A vida, como chamava seu contrato em branco com o futuro, demoraria mais um pouco a chegar, nas moradias de uma profissão, de um reencontro.

O coitado, aquele já citado, que tirou Rita da casa do tio, explica-lhe o adjetivo a falta de nome. Serviu aos propósitos de Rita sem que fosse essa a intenção explícita. Não se pode dizer que o tenha usado apenas por que ela não se movia conscientemente por esta estrada, mas, ao fim, foi isso que emoldurou o quadro de traços confusos pendurado em poucas paredes, descascadas, na casa monótona.

Viveram o comum, noites ligadas pela rotina dos dias, alegrias curtas, Rita enfadada sem alarde, costurando cortesias para fora. Se nos enfiarmos em especulações, não mudou os hábitos intransigentes, sempre às turras com seduções, levadas em brincadeiras, em namoricos sortidos. Coitado.

Nessa época resolveu terminar os estudos, sempre levara aos empurrões, escolheu profissão, cursou Direito em uma cidade vizinha, assim forjando imprecisa a escapada, começa a escrever seu contrato. Foram sete anos nesta lenga-lenga desnutrida, um diploma, as emoções embaladas pelos mesmos instintos, as propostas de trabalho na capital recusadas, o zelo mentiroso com uma relação esburacada, um homem sem nome.

— Bom dia, fulano. Boa tarde, fulano. Depois, fulano, depois.

Uma Rita em desarrumos inquietos, a visão do mundo irreconciliada com o foco da mediocridade dos dias, com a visão torta de todos. Algum carinho guardou naquele homem, tentou misturar seus afetos a ver se confundia a verdade, enredou-se em mentiras, a fala sempre engasgada, o nojo de si aceitando carinhos, a eloquência da fuga. Mastigava seus enfados quando bateu à sua porta a derradeira distância, não mostrou soluções, apenas lhe pediu para fugir.

Foi uma noite vulgar, a decisão seca levou às costas. Um comunicado, nada mais. Apenas informou. O desprezo irrevelado dura meses, nesse caso foram alguns anos até. Só a ela se revela este sofrimento, começa no dia seguinte ao encontro, persegue além das mazelas, à mercê do egoísmo, ou do vestido diverso, colorido de fim.

Mudam os atores, os lugares, as culpas ou desculpas.

— Tenho uma novidade, estou terminando com você – assim faz Rita.

É assim que fala, sem explicações convenientes, com o assombro que arrasa os tardios, a estima em frangalhos. Malditos. É a artesã que tece os términos, faz isto com qualquer angústia que disfarça de suavidade.

— Sou a artesã que trança a bainha do punhal, parece piegas, talvez eu seja brega mesmo, quando revelo motivos inventados, a ladainha das novelas e filmes medíocres, nem vou repetir. Depois sofro, finjo que sofro. Malditos.

Este último, este já nem era, desde o primeiro dia, ela se esmera em confusões, em malabarismos a flertar com mais um, foi sempre assim. Mentira. Acreditou nela, o passo sempre atrás, engoliu os flertes com outros homens, negados, abriu outros encantos a merecer o gosto, estranhos, novos, fajutos. Coitado.

— Acho que exagerei. Sempre acho.

A sedução passeia seus olhares, confunde-se com ela, o quadro branco onde joga suas tintas, a sedução. Paira a dúvida sobre o caráter. De fora, sem conhecer o enredo, os caminhos salgados, fica mesmo engasgada a palavra. Ordinária.

— Sou instintos, esboço com mãos misturadas às manias do jogo, jogo receios, a pintura são meus medos, vejo ao contrário e me engano, vejo à contra luz, à contra luz as cores se confundem com a vista, viram manchas desimportantes, sujeiras na lente – explica-se sozinha antecipando o desfecho, mais um.

O instante tenso, sentimentos trocados, ela começa sincera, esboça explicações escancaradas, chora o passado que insiste, ela nega e desiste.

— Tenho uma novidade.

Sobram os dias de esquecer. Passagem rápida pelas contradições e apruma-se nesse mesmo jeito.

— Confesso meu abuso. Foi por isso que me lambrequei de fugas, fugi mesmo. Não costumo fazer isto, sou uma mulher que assunta as racionalidades nos momentos de escolha, não avaliei o reflexo. Parece que gostava mesmo de mim. Coitado. Canalha!

15

[Visita]

Hoje não te visitei. Quero dizer, fui te ver, todos foram, não sei se vou sozinha e invento a turba a nos mostrar risonhos, porque ninguém fala, todos em caras de anjos e você nem nota. Eu noto porque preciso deles, você pode participar do meu enredo, você e eu, somos o mesmo quadro entristecido da mesma manhã, é quando te vejo, o horário da visita, só existe a manhã.

Não te vi clara, onde estaria você encontrei outra mulher, outra e você, me visitou, me chamou para um dos corredores cheios de ecos.

— Eu sou você também. Somos duas e somos todas.

Um dos homens de branco encardido, há mulheres também e nunca sei a lida de cada, ele me disse.

— Não é um bom momento para conversas. Os remédios.

Ela sorriu forte, notei seus olhos cheios, seus olhos carregavam imagens que eu não tinha, agitados a reconhecer tudo, a coordenar as visões com algum entendimento.

— Estica seu braço – ela pede – Os dois.

— Está sentindo?

— A cortina, a cortina, e as luas, meias-luas. Entra.

Abro meus braços afastando a cortina imaginada, a história de todas, como ela define o que ouvirei.

— Olha aqui – ela sussurra me contando um segredo que todos sabem.

Outro dia eu fui criança, ela disse, criança de correr e brincar. Eu era alegre, minha mãe, ela não, tinha uma tristeza, ficava presa lá dentro dela, eu via a tristeza presa, mas não sabia contar para ela, perguntar o que uma tristeza faz escondida dentro da gente.

— Você está me entendendo? – agora ela grita, vezes insistentes, o olhar sem pouso, a cabeça em balanço ritmado. E continua.

Minha mãe não gostava de mim, ela me falava. Ordinária. Você é uma criança ordinária. A tristeza dela morava em mim. Meu pai batia em todos, chegava em casa com aquele cheiro estranho, saía da boca e do suor, ele suava muito. Nele ficava preso o amor. Dizia ao meu irmão – Bato em você para te endireitar, moleque, porque gosto de você e quero que vire um homem bom, não essa tralha, vive chorando na saia da mãe, covarde. Meu irmão suava lágrimas.

Chamava de moleque – ela repete – moleque. Eu não sabia o que era endireitar uma pessoa, mesmo um moleque, nem o que ele tinha que fazer para virar um homem bom, ele já era bom, se chorava, para mim, era bom, ou arrependido. Ele matou, depois ele matou o pai. Eu também matei. As pessoas matam o amor quando ele dói, depois se arrependem, aí viram assombrações, ou se assombram.

Tinha uma irmã quando era criança – ela agora fala com o teto – a cara já sumiu da minha cabeça, fiquei tonta. Ele gostava da gente também, batia. Achava diferente o jeito que ele batia em nós duas.

— Está me ouvindo? – ela grita.

Então fica mais tensa e muda. Olha nada no chão, depois continua.

— Ordinária. Ordinária.

Nos pegava por trás, era assim que fazia. As mãos de carinho, apertava com força minha coxa, sussurrava em meu ouvido que me amava. Apoiada na mesa, não via a cara dele, via a mãe, guardava um olhar fixo em pontos, o buraco na parede merecendo remendo, a pintura do teto, a barata no canto. As mãos dela ficavam trêmulas, esfregavam as pernas paralisadas. Me achava ordinária, mas o pai gostava de mim, de minha irmã também. Ele demorava ali atrás, eu sentia nada, sentia as gotas do suor dele caindo em minhas costas depois que ele tirava meu vestido, para mim era o amor dele pingando.

— Você já viu o amor pingando? – e fala agora mais calma, o senso distraído do presente, como se descrevesse uma visão.

O sofá é rasgado e puído, vejo o sofá, os quadros nos pregos espalhados, ficam tortos, a família torta, as fotografias. A mesa sempre posta, com a garrafa de café e o pão, tem uma lata de manteiga com desenhos, não me lembro dos desenhos, imagino pinturas de lugares que eu conheceria. A toalha já tem as estampas gastas, a mãe puxa a toalha e afasta o vasilhame. Ela pega a toalha com força, embolada, sempre triste. O pai continua atrás, forte, o cheiro do suor, ele me puxa pelo cabelo, agora dói, às vezes dói quando me empurra contra a mesa. Estou nua, ele gosta quando estou nua, sei por que me faz mais carinhos, me vira para me olhar, mas não me olha, olha meu peito e lambe, os dois, lambe muito, ele baba um cheiro, não sei se gosto, mas quando ele põe em mim seu suor pinga em minha barriga, aí sei que me ama, é o amor dele pingando, o amor são gotas de suor em minha barriga, ele diz que me ama.

— Malcriada.

Minha mãe chorava sempre. Será que o pai se esquecia de pingar o amor nela? Será que ela pingava as tristezas que não me contava? Ela transbordava as tristezas e não sabia chamá-las pelo nome, por isso fugiam e ela tinha aquela cara vazia. Será que eu teria que beber todas as lágrimas que não tenho para entender o vazio? Que eu teria que me arrepender também e virar assombração? Quem se arrependeria? – então ela volta das dúvidas.

— Eu sou a parteira do ódio, somos todas – murmura. Parimos o fogo, o amor que pinga em nossas costas nuas arde, o suor na barriga, em gotas, com o tempo marca, gotas cortantes. Não suporto o peso suado em minhas costas. Tenho feridas nas costas, você quer ver?

Levanta a blusa e me mostra as costas.

— O que você vê?

Digo não ver nada.

— O que você vê?

Vejo suas costas – digo em dúvida. Ela então sorri, como se desse as costas à vida, como se procurasse o amor perdido em outras gotas. Como se o amor não existisse mais e a dor perdida.

— Eu sou você também – ela fala, antes de pisar outros momentos, sozinha. Calada.

Engoli a dor de todas as mulheres, não engoli as gotas, foram dores espalhadas no tempo, misturadas com ardores confusos, difusos. Me ressenti crescendo, manchada de pingos de uma tinta morna, sem cor, pareceu me machucar insistente, de mansinho, desde a primeira lágrima. Estranhei tantos sentidos, sentei confusa, as mãos sustentam a cara. Ela volta.

— No meio de nossa lida – ela me chama.

— No meio, embalamos, amamos, de qualquer forma nos entregamos, assistimos no ventre a continuação da história, a nossa.

— A nossa – ela repete e continua diminuindo um volume estranho, porque preso em mim ele grita.

Não sei se te beijei nesse dia.

16

Passeando pelos pedaços bastantes, encontraremos Zel crescida, inventada única, como ela mesma gostava de achar. Achava muito, não cabia em convenções, nem por isso as manchava só pelo gosto do desafio, apenas seguia seus vícios. De tanto gostar de achar, nem terminou a faculdade.

— Meus conhecimentos não precisam de ajuda, se eu me encher dos saberes alheios onde colocarei os meus próprios? Não quero saber o que todo mundo já soube, quero entender novidades, as que já moram nas ideias que contenho.

Por isso também ela detestava livros com bibliografias extensas e reclamava do autor e justificava a preguiça diante das páginas.

— E este agora? Nem se ocupou de ter suas próprias inteligências, só reorganizou as sabidas – o desdém acompanhado de mais um livro na pilha pequena dos emancipados, na pilha pequena de todos – Quanta repetição – o julgamento rosnando outra vez.

Então rodava suas ideias pela cidade, a cidade ouvia, sorria. As praticidades materiais corriam atrás dela, mesmo por que nem tantas aspirações tinha, não fossem as manias criadeiras. A família abraçava preocupações, quando Zel desistiu dos estudos, suspirou-se a resignação.

— Seja o que deus quiser.

Continuou nas ponderações e críticas ao que desse na telha sem apressar conclusões, ou reações. O pai, desentendido, tratou de sufocar o desencanto alforriando contrariedades. Contratou Zel para trabalhar como secretária no consultório, uma pequena clínica onde acolhia outras especialidades e colhia alguns exames. A rotina ela não transformava em desgosto, ao contrário, gastava pouco a cabeça com as marcações e desmarcações e sobrava muito tempo para pensar, nem sabia onde botar tanto.

Conheceu lá outro médico, vindo vagamente de fora, desses desmanchados no mundo. Esse homem, de nome Tiago, ou Dr. Tiago, despertou interesses, foram mútuos. Ela nunca expressou, em adjetivos ou verbos, os motivos, se é que sabia. Um tipo diferente dos passados, do futuro também, como acabaremos descobrindo.

Foi nesse tempo, quando começava a desamarrotar maturidades, sem significar para ela qualquer contentamento com algum tratado, nessa época sentiu a proximidade consigo, o cortejo à solidão alguns chamam privacidade. A casa da infância vazia, com pouca ajuda do pai, voltou. Não se preocupou quando a todos pareceu uma espécie de casamento com Tiago, nada disto, mesmo por que ele tinha alugada uma casa e assim manteve. Era mesmo o canto de suas experiências, de suas conversas com a vida, com a vida guardada. Isso deixou claro com a sinceridade que sempre enganava a gentileza.

— Este é meu lugar, Tiago, você tem aqui a chave da porta.

Ele não precisou de mais para entender, era bem-vindo, apenas bem-vindo. Não precisou de mais para saber que a chave só abria a porta da frente, o coração de Zel se abria por dentro, pela porta dos fundos apenas ela passava sem convite. Não soube é que, em pouco tempo, devolveria a chave, inundado de atraso, um dia andaria pelo sem volta, sem entender.

— Este não é seu lugar, Tiago, nada tenho a explicar.

Enquanto estiveram juntos, poucos anos, trocaram novidades, experimentaram atropelos camuflados do belo, se aprenderam. O tradicional e o original misturados, as diferenças dando lugar ao cuidado de revisitar conceitos, a monotonia da recorrência brigava apenas com Tiago, Zel nunca fez trato com o calendário. Depois de nenhum comentário da cidade, dos passeios estreitos, do encontro espichando, foi o pai a esmolar solenidades. Ela consentiu indiferente, simularam um casamento frouxo nas assinaturas de Zel.

— Já estou com você, Tiago. Não preciso de papéis a me recontar, a nos reencontrar em tinta aguada.

Enquanto estiveram juntos, ele sempre sorriu para as sinceridades de Zel, mesmo quando guardavam desertos.

17

Destrata algum sonho alto e volta ao silêncio do sono. Sonha muito Zel, dispensa pensamentos acordada trapaceando-os com outros, dormindo embrulha-se com eles. Estica-se na cama de lençóis brancos, gosta da claridade generosa com os olhos, abre em caretas, parecendo mesmo que se livra do vestido livre do sonho. Naquele momento já o dia se prepara, ela em rascunhos, planeja rotinas, pouco, tem o condão de mudar rumos sem que se mudem os humores.

Aquele dormindo a seu lado a ouviu nas atribulações noturnas, Zel sonha em murmúrios e sensações, senta-se à cama e conversa com o sonho, dialoga buscando as explicações, tremem-lhe os lábios, dançam as mãos em questionamentos ao ar, parece frágil quando a palavra vem doce, chora, mesmo dormida a mulher Zel chora, e se notariam os fios da água em esforço pela face lenta, linda, não fosse o escuro, não fosse o exílio do sono. Amanhã não se lembrará de nada.

Estão juntos o tempo necessário para que o respeito à intimidade dos sentidos se espalhe na turbulência na cama. Não há como entrar neste mundo e Tiago sabe disso, como soube Pedro, José, nomes fugidos. Rita já o soube. Rita talvez, talvez se acomode em alguma cama ainda imaginária, na casa, perto da porta, quase pedaço de sonho, mãos flutuam, quando uma alucina destrancar a outra fecha, a porta.

Zel gosta da janela aberta, de modo lhe acorde o dia, como nina a noite, ela cutuca o dia, animada, preguiçosa, acorda sempre gostosa, a calcinha desajeitada provoca a vista. Olham-se pelo espelho, grande, são dois a mostrar corpos, um dia mostrarão apenas infinitos reflexos, não agora, um dia desabará este teto branco. Agora, a depender da pressa, ele a abraça por trás, ela resmunga pelo desajeito de escovar os dentes entre prazeres, prefere desdenhar, pura malícia escondida em cabelos desarrumados, na cara ainda a gostar do sono, na cintura em meneios de se desvencilhar. Zel engole as lamúrias da manhã e dispara rimas ao dia, alegre, dança com as horas, dança sempre, irreverente, seria bom se sempre lhe acompanhasse a irreverência, quando dança. Quantos sorrisos são necessários para embalar um dia?

— Ei, vou indo, tá? Não se apresse, quando sair veja se a casa está fechada. Você volta hoje?

Voa para a rua, tropeça em ideias, caminha sempre com suas opiniões. Essas ela se conta, decora, conta outra vez. Agora Zel trabalha em uma pequena livraria, juntos, um sebo e uma cafeteria. Não lê muito, a vida não se escreve, as ideias nascem, os conceitos transformados em páginas são velhos. Mas tem esta incrível capacidade de saber mais que os livros, de discordar deles sem ler.

Ali passa o dia misturando simpatia com preguiça, sem que se note. Fala com todos, seus temas vagam compridos pelas conversas, muda e desmuda. Entretém passantes formando plateia, envolve-se em assuntos inéditos, articula a continuidade e nem sempre aparece, já visita outros momentos. As ideias rabiscam rápidas, borbulham soltas e se transformam em projetos mornos. Quando vê um sorriso disfarçando seu nome demora no converseiro da rua, estica a última sílaba até se desligar lenta, súbito a língua acelera e consegue voltar ao assunto, nova, chegante, diluída a despedida.

— Me sinto mesmo diluída nas ruas, nas pessoas. Misturo, reconto realidades em sonhos do dia, me sinto ampla, não fossem as cutucadas da vida a me exigir empalhada.

A sensação em mosaico dispersa, desaparece na noite, brota uma calmaria dissimulada, a alforria consigo trama outros desencontros, nem percebe. Hoje não veio Tiago, ou chega tarde, ela cede aos bocejos, respira lenta, discorre sobre temas exclusivos, indaga, não ouve, já conversa com o sono.

18

[Zel em pedaços]

De duas uma, na vida flutuo em sonhos e brisas porque me deram um dia asas, ou asas criei porque tive um dia sonhos. De qualquer modo vivo costurando estranhices, só para acalmar, esfriar os desatinos de sol quente, para dar fé a algum plano, desses que nos entregam a família, pai e mãe quase sempre em desacordo, posso ter oscilado, passos desarrumados querendo agradar.

Gastei um bocado da vida em qualquer lugar, ia e vinha com descaso, em tempos, admirava aquelas sombrinhas em cores sóbrias, guardavam as senhoras, os chapéus de esconder também o céu quente, a chuva desleixada, as nuvens de repousar meus olhares. Quando dava por mim já misturava outros lugares, remexia outros mistérios, batia o vento de um presente apressado a me distrair. De tanto seguir brisas, quase me esqueci de juntar tantos retalhos a me contar, posso ter mesmo me ignorado em algum banco, posso ter seguido em pedaços, um pedaço.

Virei assim uma fazedora de imagens, registro ambulante de um universo repleto, pessoas acostumadas em olhares baixos, cheios de umbigo. Já me contorci em danças mal compreendidas, tentando explicar em coreografias o que tanto vejo. Acham graça, graça preocupada de não levar a sério eu tão solta, diversa, traindo complexidades.

Um dia cansei. De tantos voos e tantos olhares o peso das memórias acumuladas ficou gordo, precisei parar, tramar outro ninho, a memória retraída. Então comecei a criar outra imagem, detalhada, quase crítica, uma nova morada com meus afetos, protegida, talvez de barro, como João. Ando e penso, penso muito mais que ando. Às vezes te conto.

— Estou desenvolvendo um método para ler no metrô, balanço no mesmo ritmo e alivio o contraste de meus olhos, combino letras com a pontaria dos olhos – você ria, mas eu falava sério. Você tinha essa mania esburacada de me achar a palhaça das ideias. Hoje, Rita, hoje sei que não ria da graça, você sorria para si, para a alegria que não te cabia e você derramava em mim.

Já estou em casa, nossa casa, Rita. Depois de dias, meses não contados, te vejo no barro, você o João que construiu, eu te habitei. Reparo sua ausência nos pequenos bibelôs, enchem a estante de prateleiras propositalmente irregulares, os livros coloridos, só vídeos de nossa dança. As paredes de quadros, nunca te disse, queria ser pintora, pensei nisso agora te vendo em telas compradas, como se pudesse te comprar em desenhos e te ter outra vez. Seus caixotes virados para cima, para baixo, você chamava de mesinha de gavetas abertas. Sem você, parecem pedir uma função que não sei dar.

A janela empresta um pedaço de vista, você sempre gostou daquele canto, você e as plantas que eram suas.

— Quase todas as plantas do mundo são minhas – assim você zombava, cercando suas poucas.

Do outro prédio um homem olha pela janela e me vê, observo-o amarrando compaixão, queria que se abrissem os vidros, se gritassem as emoções, me sinto sozinha, Rita. Queria quebrar os vidros que nos separam, entrar com meus papéis coloridos, despejar minhas canções por sua memória apagada, por sua seriedade. Ele apenas me observa.

Como o tempo corre de mim. Preciso reorganizar o espaço, livrá-lo das folhas secas da outra estação, passou, já é inverno. Como saber se meus passos me bastarão? Mas afinal para onde ir? Você juntou este barro, estes gravetos de construir o ninho que não conseguiria fazer sozinha? Para quem?

Fecho a cortina para me encher do passado, me prender no futuro. Pego o livro com meu nome, fica em um dos seus caixotes, abraço as folhas em capa dura, abraço forte para te sentir. Você sabe, Rita, talvez devêssemos ter construído muitos ninhos, para nascermos mais em cada futuro.

19

Rita acorda em seus desarrumos matinais, todos, a lentidão com impaciência, o trato com as arengas cresce antes do dia, a cara de beleza amarrotada, ela persegue o outro lado da cama com as mãos.

— Você conhece o cara há poucas semanas, sinceramente, em minha cama contada a dedos e um bilhete de merda inunda o travesseiro do lado, meu travesseiro.

"Gosto de você... quero te amar... vem comigo..."

Nem termina a leitura do manuscrito, a esta altura já visitando o lixo.

— Cara, não foi nada disso. Quando os homens vão entender que podemos não ter nem nomes, nem queremos, tantas vezes nem queremos. Sexo, alguma conversa para desamarrotar as vergonhas, um vinho, é isso! Quero te amar? Vem comigo? De onde veio essa babaquice se nem vi chegando? Bebi demais, preciso me vigiar mais. Ainda bem que nem vi saindo.

Rita ainda consome o resto da cama, a raiva mingua rápido quando troca de lado e cai no passado, compara o enredo.

— Tomei os atalhos necessários, aliás, venho tomando atalhos desde cedo, manipulando um poder qualquer, me invadiu lá pelo fim da infância, nem sei dos substantivos.

Um dia percebeu, despertava nos homens essa vontade de fazer o que ela quisesse, muita vez nem sabia o que queria, mas lá estavam eles, quase implorando para que ela lhes pedisse algo, fosse difícil e penoso, para mostrarem mais zelo, mais merecimento. Mais os desprezava. Percebeu cedo a parte prazer do desprezo.

O garoto na loja, nem conhecia seu próprio corpo, nem sabia por onde vinham as aflições, sentia era urgência e não sabia o nome.

— Uma vontade de te embrulhar, me embrulhar com você até explodirmos – assim falavam seus pensamentos em voz miúda, cortada, trêmula. Rita fingia um ar complacente, superior.

— Então me espere, nem um pio quero ouvir.

Fez o tio Frederico voltar à adolescência e desenhar corações em seus pés.

— Nem um pio quero ouvir.

Ao vendedor de panos mostrava as pernas, promessas de toques desde que nunca cobrasse o dinheiro que a tia separava para o pagamento. Guardou tudo.

— Ele queria me dar mais panos, me tocar toda.

— Um dia, se continuar merecendo.

— Nem um pio quero ouvir.

— Aqueles me maltrataram, os costumes me fizeram, mesmo quando os usei à minha fome, mesmo assim me maltrataram. Naqueles dias eu me usava.

— Serei só sua, comporte-se e serei sua.

— Nem um pio.

Rita aprendeu os homens, mulheres, aprendeu sobre o fascínio que dorme calado, namora o poder. Sem combinar com seu caminho torto, assim, a pegadas curtas, foi se desfazendo o conluio tosco, respirou o futuro que começava a entender como um plano. Ponderou a mudança como um recomeço, merecia se recontar, em outro lugar, em outros encontros. Não este, não ainda.

— Aquilo que hoje me faz também vazia dói. Machuca, como se todos os momentos de soberania se voltassem me olhando com a face invertida, soslaios dos instantes, me lembro de todos, dos instantes quando a carícia fugia. Se me analisarem os escombros, verão minhas origens, os pecados, as desculpas. Agora tenho partes desmanchadas e me faltam cores, um dia terei. Não me importa isso agora.

Depois importou. Quando o passado voltou violento encontrou a guarda baixa, a face escancarada, ela indefesa.

20

Naquela vez não foi diferente, não deixou ninguém em risos frouxos. Dona da alegria, apesar de tudo, algum dia deve tê-las comprado ao mundo. Até quando ficava muda, ficava muita vez, era para ela que olhava a alegria, como se pedisse permissão para se espalhar. Foi uma tarde gostosa de domingo, mas Zel lhe emprestava novidades. Pregueava-se a testa, ela se metia em pensamentos tão infinitos que só podiam ser vistos lá de dentro. Então voltava, emprestava-se às balbúrdias humanas e lhes dava um sentido que não prescindia dela. Zel sempre foi esse sentido, tomado de suas imagens do belo e distribuído como verdade, uma verdade impregnada de inteligências e carinhos, era carinho o sentido de Zel, era puro mimo o que se escondia em atrevimento tímido.

E voltava para casa contando pedras pelo caminho, contava seus passos também, a ver se espantava as ideias e se continha. O sono a exigia inteira, ela tentava desespalhar-se, reunir-se toda para o aconchego da cama, para que não se lhe escapasse algum pequenino pensamento que pudesse, pervertido em seu escuro, virar sonho, tomar seu corpo noturno, era quando se encontrava em pedaços, nem sempre queria conhecer. Buscava na infância o dono do sono, era quando ouvia histórias inventadas, nem importa, queria morar nas distrações da noite, na voz de alguém que pudesse amá-la. O cafuné deitada em travesseiro, cabelos soltos, os lábios vão se acalmando, seus olhos acham Tiago.

Ela olha o rosto marcado, o rosto do prazer à espera de terminar. Gosta, mas acha mesmo é graça, diverte-se com as manias do sexo, mesmo aquele que existiu fingido. Zel tem uma sensualidade matreira, mistura um sabor divertido com a seriedade dos encontros. Namora-se séria os homens. Sincera, não conhece a entrega, não por que tema, mas conversa com caminhos que não lhe perguntam isto. Conhece o fio fino que separa as paixões dos caldos contrafeitos apelidados de amor. Merda. Mas Zel ressuscita a nomenclatura original, transforma o tédio em manhãs diversas, as querelas deixa adormecidas, que o barulho do sono as embale, prefere soprar a desatinos. Então não teme recomeços, não receia a diferença, alegra-se com o depois do acontecido porque sonha melodias tão belas, acabam lhe convencendo. Até que, em algum ponto, uma tarde, uma conversa, uma canção, começa o desfio. Zel desencontra a trama, corre por caminhos ainda mais diversos e não sabe voltar.

— Estou desfiando, Tiago.

Ele desentende o monólogo, capricha em soluções, a respiração passeia seu corpo procurando saída, asfixiado.

— Nada tenho a explicar.

Os dias foram ficando maiores, as sensações se perderam da linguagem, dos raciocínios, a vontade de sentir uma liberdade desconhecida, involuntária. Zel debandou, assumiu encontros presentes para não a assustar o futuro. Fez amizade com o sol, se embelezou de brilhos distantes, de modo sempre poder apreciar o pôr, mais uma vez olhava o adiante.

— Nada tenho a explicar.

O casamento com Tiago durou o tempo necessário para não dar certo nem errado. Zel não se pautava por tantas razões para achar os desvios, apenas queria e desqueria, sem dar maiores explicações na hora de recontar o percurso. Naqueles momentos, quando divagamos pelo acabado, por regozijo, ou procurando sentidos, naqueles momentos Zel já tinha sumido, não lhe importava a ligação entre um e outro cenário.

— Nada tenho a explicar.

Moravam em casas separadas, isso foi a vontade dela, então foram explicações frouxas, abraços, festejos de felicidade fingidos, tingidos de hipocrisia. O descuido com as formalidades, vai ver os papéis e podem contar outra história, nada desassinado, estariam casados, teriam vindo os filhos, o dilúvio de tradições, trabalho, filhos, casa, trabalho, saúde, saudade. A filha se parece com Zel, as fantasias em outro alpendre, onde não habitam mães, as perguntas Zel nem se lembra que já fez. As urgências infantis tomam formas estranhas quando o mundo é muito grande, mas lá no pequenino, lá se vestem dos sentidos concentrados, das fábulas confidentes.

— Mãe, quando crescer vou ser igual a esta formiga que carrega a outra, então vou te carregar por onde for.

Mãe que responde hum huns sem ouvir. O filho mais novo chora, ela, entre o amor e a impaciência, remoendo remorsos de mãe à noite, se desentende com o tempo, dorme exausta. Não percebe que entregou sua parte criança aos filhos e nunca mais vai encontrá-la, se percebesse talvez visse o adulto, talvez quisesse voltar e roubar a criança, brincar. E Zel contaria os passos faltantes para não chegar em casa, e não teria ideias a inundá-la

No apagar dessas luzes não se sentiu só na casa vazia, sentiu um alívio contorcido e não sabia encontrar. Quando mordia as fatias da angústia, não conseguia engolir, então se festejava em alegrias, a maioria roubada, mas disso não dava vistas.

— Nada tenho a me explicar.

21

A angústia só aumenta e me faz engolir este torrão áspero, um melado, a garganta presa, tento cuspir as palavras meladas, fico horas tossindo essa gosma, vermelha, o sangue vermelho, vomito. Tento espantar todos os julgamentos, abarrotam meu raciocínio e congelo, sinto o peso dos pensamentos nas costas molhadas, malcriados, paralíticos, pervertidos. Estou entupida, qualquer luz não me leva o olhar para fora, esta noite não acalanta, aumenta meu próprio cerco, me leva a lugares impermeáveis, nunca fui sozinha, estou sozinha, você jurou que viria comigo. O quarto sumido, as paredes guardam móveis e utensílios despidos, a mesa balança, não tenho utilidade, devia ser uma casa a me guardar, deviam as paredes ouvir as palavras que eu diria a alguém, mas não tem ninguém, nunca teve, você jurou, você disse que me amava, o suor molhava minha barriga, você nunca me amou, você soltou minha mão, eu te assaltei. Acordo de um sono fajuto, não consigo me distinguir do dormido, quando abro meus olhos nem sei se estavam fechados, abro seus olhos, mas não mudam os incômodos, apenas em outra sequência a me desentender mais. Persigo o remorso, ou ele a mim, se nem detalhes me conta, não conheço sua culpa, não me entrega uma conta que eu possa pagar e sair.

Levanto-me, rondo meus cômodos desabitados, nem sei se existem, sinto o cheiro da solidão, aquele mesmo cheiro, não se mistura, não muda, lembra sempre minha irrelevância, mente. O dia e a noite em conluio jogam meus medos alternando lados, acrescentando um pedaço despedido, volta maior, é minha a mentira, me prende no fundo do engano, me chuta no corredor de paredes repetidas. Deito. Sensações antagônicas me confundem, aos poucos apertam-me o corpo de dentro para fora, são as mesmas, volta e meia passam por mim sem explicação. Arrebento o sono, acordo em pânico, estou nua na multidão, a fragilidade me cumprimenta austera, os olhos cuspidos vagam o chão. Está escuro. Volto desenrolando a memória, tentando recuperar o caminho. Tenho medo desses momentos. Te entreguei minha sequência, perdi.

Tento me explicar, tento apagar, dormir, você não aparece em meus sonhos, você disse que sonharia sempre comigo, você disse que me encontraria em seus sonhos. Você não sonha, você comeu o escuro, tomou meu caminho e não devolveu, me devolve. Não vou a parte alguma, você me conta o dia, mas não te vejo, de costas, às vezes me vejo, não presto. Eu não presto. Você jurou me amar, de frente, não vi seus olhos. Cansei de te querer, você me assaltou, deixou meu egoísmo, me obriga, me prende com pregos nesta parede em cimento, machuca minhas costas, me esfola, estendo as mãos, mas cada gesto de conciliação arranca um prego, rasga minhas costas, o sangue vermelho, vomito. Trombo com minha inutilidade, sempre imunda. Penso muito em você, se éramos inúteis.

Já tenho medo de dormir. Medo dos contos de minha noite disfarçada, o escuro não tem dono, traz minhas angústias e não sei tratar com elas, prefiro não dormir, prefiro vigiar a noite, prefiro o clarão do dia, me queima, arde minhas costas, mas não ligo. Estou exausta ao perceber, não consigo escapar, não sei contar o passado, ninguém acorda comigo naquela cama, não é a minha cama, o desespero não me oferece um copo com água sequer, meus remédios, meu copo está seco, o corpo com suor e sede, aumenta a dor, estou exausta. O sentido apressa em desvanecer, mais apressado que eu, corro para eles, olho para todos os lados e não vejo mais que vazios. Foi isso. Construí vazios. Sinto um peso enorme, um teto gordo me sufoca, vou me engolir. Me transbordam arrependimentos, poderia ter feito de outras formas, fico mais inquieta, debato-me, espero o remédio, não vem. Quando tomei esses caminhos? Por que te amei se doía? Por que escolhi em cada pequena decisão o rumo deserto? Por que não tenho ninguém que me abrace agora e fale baixinho em meu ouvido, estamos juntas e tudo se resolverá? Por que durmo envolta em tantos demônios surdos? Por que não acordo deste desespero? E você não entra em meus sonhos, você falou que sonharia comigo, me empresta seu sonho. Não. Não. Ninguém me espera. Eu também não me espero. Suspeito do nada se entrelaçando em meu tumulto, escuro, tento separá-lo, no nada poderia me inspirar em você, me remendar, você poderia jogar uma ilusão, no nada, uma pequenina quimera já me devolveria o ar, não respiro, me aluga um sonho, não posso contaminar meu nada, não posso me expirar imunda, eu também não me inspiro, não respiro. Eu não respiro no escuro.

22

Os afetos se espalham pelo que será um dia memória, lá guarda seus relacionamentos sem nome, poucos, de modo a mantê-los intocados, que a vontade de assaltá-los não trombe com ela em noite morna, não, lá não tem como declará-los. Zel não fazia disso transtorno, mesmo por que não habitava outros modos. Ela conhece o horizonte, só ele merece seus encantos, só lá descansa sozinho o olhar.

O calendário emagreceu sem Tiago, não foi óbvio admitir, as tramas do dia se esquecem de consolar a noite, o amanhecer. Derramou as tristezas do seu desencontro em afetos dinâmicos, em planos desengonçados. Chegaram as dúvidas, ruminou o regresso, Tiago era um pedaço esquisito a seus dias, mas tinha sentido, achava assim sem explicar. Custou a amansar a tentação do arrependimento, depois persistiu o lápis de escrever e apagar.

Viver em casas separadas não destituiu o convívio, não desprezou a doçura. Construíram expectativas miúdas, sabiam se perguntar, se atender.

— Quer um suco, Tiago?

— Tudo bem no trabalho?

— Parece cansado?

— Vem tomar banho comigo, Tiago.

A voz sumida, sem volta, sem resposta, sem Tiago. A vontade de contar um caso diurno, de reclamar cheia de inteligências. Era quando engolia a saudade, as mãos de dedos espalhados enxugando uma lágrima demitida, o nariz quase inchado evitava espelho. Faz seu suco, conversa sozinha como fazia nos sonos, molha as palavras em melodia, quase uma música de espantar o fantasma intruso. Move-se pela cozinha em bailado leve, gira sem sentidos marcantes, busca ingredientes, se espelha em vasilhas, mistura verdes, grãos engraçados.

— Quer um pouco, Tiago?

— Sei que não gosta muito, mas fiz para nós dois.

E nunca existiu o nós dois. Quando pediu a Tiago que lhe desfiasse seus sonhos – Me conta seus sonhos para te entender melhor – queria ouvir os dela.

— Me conta meus sonhos, Tiago. Os que me carregariam feliz.

Ele respondia com cartas, com citações, quase poético, muito sistemático, mas nesta espera ela já habitava outras perguntas, jogava fora as respostas atrasadas. Agora pensa que seria bom tê-las guardado, apenas para se lembrar da pergunta, da cara filosófica, às vezes cansada, Tiago nos costumes da obediência ao inusitado, querendo mesmo se inscrever nos sonhos de Zel, que ela acreditasse, sempre a soube fugindo.

E vai o rio tempo, passava em frente à casa de Zel e trazia com ele os barulhos da água rasgando, revirando os gravetos de uma gaiola antiga, esmagada, existida apenas nos receios. E vai Zel já esquecida, lambendo outros assuntos, se encantando com os detalhes inventados, talvez resquícios das cartas. Ela bebe um café meio amargo com a mesa vazia, empurra o cansaço dos afazeres picados, juntos não fariam sentido.

— Me conta meus sonhos, Tiago.

Deita-se na cama amarrotada, o lado vazio ela preencherá quando chegarem as conversas noturnas, trocará de lado fingindo um monólogo a dois, se explicará sentada, suas mãos cortarão o ar escuro, os dedos finos desenharão qualquer coisa e ela se acalmará. Enviesada sem lado, ancorada no alheado, de nada adiantará o diálogo.

— O que me carregaria feliz?

E o dia se encontra com o outro, despede a noite, pula o amanhecer. O rio lava lembranças, leva os momentos que viriam. Volta Zel aos horizontes, aos poentes em morros, em novos caminhos. São sempre novos os caminhos de Zel, mesmo quando repete.

23

[Visita]

Hoje pensei em levar mais carinhos comigo, dispensar todos os inexistentes, seus sorrisos fixos, levar carinhos, seríamos nós apenas, não sei se você iria. Fui com todos de sempre, sozinha. Quando tomo seu caminho, ou o meu, nunca te disse, me transbordo de carinhos não apenas por que tenho, mas por que preciso levar a adição que perderei na visita, e assim ir embora te querendo o mesmo.

Hoje pensei em levar mais carinhos, levar ainda além do necessário para voltar grávida. Pensei em acumular sempre, pouco a pouco, até um dia, algum ainda desaparecido dos calendários, quando nascesse você inteira, pura ternura, de tão densa seria mesmo você nos carinhos, tão concentrada eu te querendo, e você poderia me confundir com o amor que procura, sem dor.

Me toma o abandono de não te achar, o desespero tento disfarçar, mas você vê, sei que vê. Então invento as formas de te trazer. Você sabe, passo os dias criando, te criando, alternada, mestiça, para testar em minha fantasia o resultado da tenção, me come uma tensão.

Hoje te reparei encolhida, sombreando o escuro. Segurei sua mão, fria, trêmula, te queria mais clara, ver seu rosto, indagar de seus olhos o tino, buscar lá dentro uma faísca, um lampejo. Você recuou, as mãos a recusar a luz, os passos arrastados tateando o caminho de volta, a sombra, você se casou com o breu, dobrada em si você se fechou aos encantos, eu a depenar uma lua simulada, meia.

Você sempre gostou da noite, da luz camuflada, da vela em desmandos, mas, o que era aconchego, brilho fosco do sexo, hoje me pareceu uma fuga. Consultei seus ouvidos, baixinho, como era o carinho em armadilha.

— Não gosto do escuro – você falava enquanto as mãos viajavam tentando atacar o sol.

Te chamo para fora do quarto, para o jardim.

— Não gosto do escuro, não gosto do escuro, não gosto – quando pus a mão em seus lábios, quebrei sua frase, fechei seus olhos, as mãos de descanso, de me mostrar a seu lado.

Indaguei em outras línguas, de olhar você dentro, de me lembrar, de te amansar.

— Hoje sonhei com a noite, ela me quer mais que o dia. Alguém me quer na noite, na mesa, o suor, preciso esperar.

Um toque no ombro me mostra que você precisa descansar. Te acompanham até a cama, há penumbra, te conduzem lentamente ao travesseiro, levam seus pés, você dorme, ou fecha os olhos, porque às vezes você abre, os olhos rodam o quarto, você não me vê, não sei quem espera.

Hoje voltei sem carinhos, perdi meu saldo, amoleci meu gesto de ternura. Se nem sei com quem encontro, se me perco em minha própria criação. Em casa também esperei a noite. Acendi sua luz camuflada, deitei no sofá das carícias e consolos, fechei meus olhos atenta aos barulhos, fiquei muito tempo em vigília, os olhares circularam a sala, infinitos.

— Não gostei do escuro, hoje sonhei com a noite, não escuto meu sonho.

Sem pouso, nada vi que não fossem as sombras, entram pela janela, esperei por você que não veio, você não fugiu de sua noite só para me encontrar na minha.

— Hoje sonhei com a noite.

Tramei nossa festa, me enfeitei para você gostar de mim, para você me esperar. Dormi um sono agitado, fui para cama, você não dormia. Tive vontade de ir te ver no outro dia, quem teria chegado, senão eu, quem teria chegado.

— Não escuto seu sonho.

24

Não lhe interessou o reencontro com as memórias, sem poder afirmar que teria deslembrado Zel. Pôde notar seu vulto, ofuscado pela surpresa, incomodando miragens mútuas quando Rita estacou no portão. Um dia qualquer, comido pelo enfado, abafado pelos silêncios do calor. Viram-se e não se notaram, ou, se notaram, deixaram prevalecer as lembranças. Zel entrou descrente, distraída. Rita amaciou os mesmos caminhos e considerou a despedida, sem voz, sem gestos, sem ser.

Em algum momento, algum não compartilhado em relógios e já ditos, Rita respirou outros desejos sem que comentasse com seus raciocínios. Os términos com aqueles que chamamos por adjetivo, ela também, foi o início de um período espalhado em dúvidas, ou certezas desamadurecidas, coitada. Desinteressou-se pelos flertes com a sedução, desanimaram as amizades, os mesmos lugares em uma cidade sem tantos lugares, a família tratada nas cerimônias de alguma gratidão despercebida. Foi engordando vontades de se afundar, de acomodar as aflições e distinguir algum sentido. Já morava sozinha, naquela casa que guardou em seu nome, pequenos afazeres desajeitados foram suficientes para o sustento, um corpo pequeno, era assim que se sentia, ao mesmo tempo imaginava grandezas.

Quando resolveu se mudar para São Paulo não lhe incomodaram as providências necessárias e habituais, apenas se despedir do olhar desaparecido de Zel. Saia curta, pernas de assustar desatentos, o cabelo sempre solto nos cachos, um sorriso de cumprimentar estampado. Estava suave, sem pretensões, cheia do deserto que agora admitia, que a desatentou aos demais. Nem queria ver Zel, nem saberia o ditado, ficaria preso um talvez, um diálogo faltante.

— Estou me mudando para São Paulo, Zel.

— Oi, Rita, quase não te reconheci.

— Estou me mudando.

— Soube que se casou.

— Me formei, Direito, fiz Direito aqui perto. Tenho um emprego em São Paulo, um escritório de patentes, um colega me convidou, estou indo, não sei, nem demorou pela cabeça, assim de surpresa. Apenas vou eu.

— Agora você vai e eu fico, continuamos apenas. Gostei de você ter passado.

— Pensei em me despedir, Zel, depois percebi que já era despedida, o passado aqui, minha mão já tinha perdido seu aceno.

— Te desejo felicidades, Rita, boa viagem, mande notícias.

— Você também, você também.

A conversa inexistida, o olhar apenas, sem aparência de ver.

Em São Paulo comprou o pedaço de um apartamento com a venda da casa, o outro com economias, bairro parecido com cidade pequena.

— Procure um lugar perto de tudo, Rita – foi a mãe em conselhos de partida.

Ela nunca entendeu bem o que seria um lugar perto de tudo, tudo é muito, tudo nunca esteve perto, nem ela esteve perto quando precisou de tudo, quando lhe assaltou um dia o que considerou tudo, largou tudo e se internou em nada, depois. Agora está Rita instalada. De fato, tem perto uma padaria, várias, lojinhas de tudo, papelaria, supermercado, sacolão, um parque de árvores, de águas e pessoas, pessoas como ela, longínquas, assustadas, pareciam sempre assustadas.

No caminho de quase tudo uma casa, a solidão estava mesmo escondida naquela casa, uma espécie de lar para cuidar de saúde, de saudades, Rita via de fora, curiosa e desatenta, detenta da clausura formada por cercas e pessoas, por pessoas de branco e cuidados.

— Quem viveria ali? De quem sentiriam falta? – pensava a caminho da loja de bolos caseiros. E já esquecia.

De volta ao prédio, antigo, conserva-se em meio à balbúrdia das obras e das casinhas que logo, logo serão também. Chega-se por um elevador ao oitavo andar e vira-se à direita. Apenas uma porta guarda a moradora de quem a visita e são poucos. Um tapete poderia esconder as chaves, se isso tivesse algum sentido. Já dentro, são móveis espalhados procurando harmonia. Se mais alguma coisa se espalha por todos os cantos são os livros, organizados em fila imaginária, lê, relê ou não lê. O lugar de morar parece uma construção das irracionalidades cotidianas, cria percepções esteticamente malcriadas, Rita encontra seu espaço mal criado, acumulado, vazio, a parecer mesmo que aguarda lugares.

— Onde moro tem tudo, mãe. Os móveis que trouxe já se misturam com novidades, fui adquirindo sem medir, muitos livros a fantasiar companhia, ando lendo muito, mãe – quis escrever, mas seria a frase de uma carta morosa, talvez um – Não se preocupe, estou muito bem. Um beijo, um abraço, sua bênção – nem saberia terminar, nem começou.

Para o trabalho ia a pé ou de bicicleta, dependendo da falta de chuva, do excesso de calor, da vontade. De todo modo, era perto de tudo. Conheceu pessoas em disfarces diversos, se amizade era sentir-se bem e compartilhar ideias, não desfazia. As distrações da cidade tomaram uma parte de suas ganâncias antigas, se dispersou por programas, se inundou de mundo e gostou, assumiu ausências, acomodou-se em si sem se internar. Pensava em Zel, às vezes, antes de dormir pensava, a ver se sonhava com ela. Nunca sonhava, bastava-lhe o pensar sonolento que transformava em diálogo, então dormia com ela.

25

O pai, não viu mais, apareceu um dia em carcaça, podre. Morreu lento, Rita acompanhou de longe, ligava para a mãe.

— Venha visitá-lo, minha filha, ele sofre com sua lonjura, nada fala, mas sei que sofre. Se preocupa com você, tenho certeza.

E ela pregada em presentes, suas mágoas explodiam. Adiou o reencontro, não queria encerrar suas raivas, não saberia o que plantar no lugar. Foi em seu velório, nem tanto para o ver pálido cercado de flores, pessoas murmurando consolos, ela balançando em lágrimas secas, Rita voltou para se mostrar à cidade, que existia.

— Eu, apesar de todos, existo, talvez apesar de mim ainda exista, essas pessoas apenas me despiam, mais que eu queria, me viam torta.

— Bom dia, Rita.

— Sim, existo apesar.

Zel. Zel sempre viu, em ficção do que seria, em mensagens piscadas. Ela sempre com o jeito de aparecer pontual, como se tivesse um tempo contado, então contava uma graça, um assunto sem espera de resposta, gentil, suficiente. Rita nunca soube seus íntimos, se sentiam os dela, acabou morando em suas mensagens picadas. Chegou a notar as estações em comentários, como se aparecessem as notícias de acordo com as andanças ao redor do sol, algum sol, todo mês, a cada dois, três. Parecia uma saudade sistemática, como se pudesse anotar em um calendário o dia de Rita senti-la, então piscava sua graça suave.

— Carrego este calendário pela vida, a marcar dias, dias com Zel. Imagino pregado em minhas portas.

Quase nunca respondeu, podia ter esticado respostas, perguntas, apertou o medo da conversa, não existiria, sempre achou melhor ser ela mesma a porta-voz do descaso.

Velório na casa de sala grande, era assim, as pessoas gostavam de se mostrar em casa, mortas e em casa, estátuas nas imaginações, estátuas a espantar indiferença, a ver se fixava residência, vai saber. Nenhuma tristeza, Rita achou que merecia a desforra da indiferença.

— Ainda me arrependo.

A mãe inerte, dona dos afazeres, nem um choro notou-se, tal o leva e traz, os obrigados.

Viu Zel da varanda, na varanda de surpresas que tomou seu olhar. Não sabia por onde andava. Foi apenas uma mensagem seca que a trouxe.

— Lamento informar a morte de meu pai.

Seco assim, como se quisesse ouvir a reação depenada das lamúrias. Compaixão não quis. De longe parecia o mesmo desinteresse por seriedades, a mesma doçura sem compromisso, apenas Zel sabia fazer, não se importar com a vida mais que a vida se importasse com ela.

Se aproximaram tensas, Zel já tinha feições mais envelhecidas, Rita viu na penumbra, na distância se apequenando. Notou também que mantinha a beleza, aquela beleza se misturava com pequenas dores, com alegrias inventadas a tudo, às tantas ideias, tantos fazeres. Seu corpo correu à frente cheio de vontade de abraçar. Os significados, Rita encostou nas tertúlias solitárias que antecedem os encontros. Então notou a lágrima.

— Não sabia que a tristeza manchava, deixava gotas, trançavam por dentro, até secarem, então se transformavam em manchas da alma.

Se olhasse atenta, se procurasse a entrada de seus olhos, poderia vê-las, ver as manchas, algumas saíam, saíam a sacudir suas lembranças.

Zel vinha com a vida na cara. Estende a mão, a outra, ficaram momentos distantes, trocaram as lágrimas, o carinho das mãos, corpos retesados. Rita procurou o passado, achou as tantas reticências, o tempo gasto em antipatias, ela mesma se sentiu feia. Olhou cimento a procurar seus olhos, tateou o escuro, lenta, medrosa. Foi Zel que tocou seu queixo de modo resgatar o olhar. Alagada, nada viu, sentiu o cabelo de Zel se misturando com sua face molhada, seus cachos, os dela. Se acudiram em braços. Quando enxugaram tristezas, Zel tinha o nariz vermelho, nariz de palhaça esboçando um sorriso. Sentiram um aconchego de casa, na rua, sentiu Rita. Ela nada disse que acrescentasse sentido.

— Vamos embora daqui.

Zel torcendo o olhar, mirando o rumo com a cabeça, o rumo ainda era a rua. Se encheram de atrasos. O desembaraço virou duas mãos dadas em marcha tímida, ainda tímida, o olhar virou um caminho ainda curto. Com o choro que sobrou por dentro se levaram.

— Me achei menos feia sem que fosse bonita.

Zel ainda morava na mesma casa da infância. Imagens antigas caíram, desembolaram-se os desejos.

— É, sempre tive esta mania de amarrar meus instintos com barbante, assim brincava de esticar, de afrouxar, como me desse na telha, minhas vilezas.

Zel foi seu único desejo solto, guardado no mais fundo do bolso. Subiram as escadas de brincadeiras, naqueles poucos segundos Rita brincou com o passado. Na varanda a luz enfim iluminou faces.

— Não seria Zel para mim tão clara. A mulher que segurava minha mão, a mão que acariciava meus dedos, meu cabelo, o cabelo que a separava da boca, Zel não seria. Seria tudo muito simples, tantos dias abafados, tantas noites inquietas, tanto tempo escondido agora nos explica assim, tão claro.

Os olhos ficaram pequenos, cabiam cada vez menos imagens, a distância a diminuir. Um olho se viu no outro, grande apenas.

— Você inteira é seu olho, sorri mesmo assustada, busca mesmo encontrada. Você sempre esteve aí, nos meus olhos, e precisei dar tantos passos incertos para te achar aqui, tão perto.

Então, como se consultasse consentimentos, Zel sentiu iminente o calor da boca de Rita, a respiração se confundiu, freou segundos, aproximou-se mais até sentir o espaço parado, o tempo acabado, a ansiedade do beijo antes do toque. Mordeu com os seus os lábios de Rita, recuou segundos, para senti-la solta, para examinar sua fuga. Deslizou na dela sua boca ainda seca, enxugou seu espanto e a beijou, primeiro lenta, intensa, sua língua fugiu para Rita. As carícias deixaram a suavidade de lado e explodiram, o coração gritando batidas atrasadas até chegar. Levaram-se para a cama. Nada falaram que não se escutasse em gemidos, gritos, línguas do prazer.

A manhã as acordou tímida. Nada falaram que não fossem carícias. Nada havia a dizer. Tomaram café, se beberam em trocas de sensações que só o tempo constrói, mas guarda. O tempo é o guardador de todas as emoções, o armário fechado, encostado sempre, bem naquela parede que nos impede, sempre a nossa frente, sempre a chave pendurada na mão trêmula, suada. Ela então levou Rita à varanda, tocá-la pareceu pouco, beijá-la pareceu nada.

As mãos se destocaram lentas, a vontade de voltar para os corpos, de se misturarem.

Rita saiu imaginando Zel em algum reflexo, não despediu olhares últimos, já tinha guardada a imagem última. As brincadeiras da escada as olharam acordadas, o sol esquentando recordos. Passou pelo hotel, pequeno, como se sentia, pequena. Pegou sua bolsa e voltou para São Paulo.

— Ela me enviou uma piscada.

26

Estou cercada por delírios, mas não consigo desconhecer a realidade que são. Já me vejo entrelaçada com minha imaginação, com alguma imaginação. Não sei o que pertence a meus pensamentos, o que não aconteceu é verdade, invento um nada, em mim me minto, sopro vestígios a ver se cola. Estou lúcida, quando me esquece o copinho de pílulas, me enxergo torta, longa, sou uma estrada cheia de curvas, balanço aos solavancos, a pílula, ela me solta, me prende. O mundo pula à minha volta, ou sou eu a pular, uma cama elástica, nos desencontramos, desço e subo, sobem e descem meus desatinos, se confundem, chacoalham enquanto balanço na estrada, os solavancos, o copinho me cai da mão, alguém de branco balança a cabeça, ou sou eu rodopiando.

— Toma o remédio.

Me leva para fora, posso caminhar, converso com os amigos, a pílula, já não sei o efeito, tranco a boca, os olhos se voltam para dentro, para fora. Vejo nossa lingua-

gem passear pelo jardim, lábios apressados, coincidentes, vou cair, alguém me ampara, uma mão gorda me empurra leve para um banco, parece um banco macio.

— Toma o remédio.

Bebo a conversa de todos, reconstruo a sequência do pátio, construímos pontes para comunicar nossos mundos. Já conheço a língua, as palavras sem nome, fico lúcida para um mundo impreciso, os homens e mulheres de branco, me acalmo. Aqui todos se acalmam.

— Respirem, descansem.

E respiramos a vontade encantadora de contar histórias. Sinto alegria, mas ela não consegue sair, não a vejo, alguém balança minha jaula, devagar, devagar, até parar. Peço minha vez, as mãos acenam tontas, nem vez existe, muita vez falamos todos ao mesmo tempo.

Uma noite, quando morava em uma casa de janela, apareceu uma mulher. Bateu à minha porta, discreta, tímida. Perguntou quem eu era, expliquei que era a moradora daquele apartamento, um apartamento com janela. Vi a rua em cena, as pessoas e carros, peixes coloridos em um rio rua, pensei naquele alvoroço, imaginei-me em cada um para sentir o andar, a pressa, qualquer alegria, mas a dor, há dor em cada passante, por isso passam, apenas passam, pessoas e peixes. Me estendeu a mão, notei que demorei para alcançá-la.

— Muito prazer – nossas mãos se procurando gasosas.

Ela respondeu como um sopro, como se esvaziasse seu corpo só para me provar que ela também tinha, tinha prazer em me conhecer. Convidei-a para entrar, para nos olhar de minha janela engraçada.

Era uma mulher bonita, o vestido vermelho parecia um balão, tinha um suor, vinha de dentro e me esquentava. Pedi que sentasse e se eu poderia me sentar bem perto dela. Ela apenas olhou para o lugar que seria bem perto dela. Não sentei, seria gentil servir-lhe uma taça de vinho, aceitou antes de oferecida, uma taça na mão. Saúde. Então me sentei bem perto dela, para lamber aquele suor que vinha do corpo quente, na noite antiga. Mostrei que tinha um quarto, era meu, tinha uma cama grande com lençóis brancos e limpos, era minha. Ela também era minha, na cama minha e limpa. Conversei com seu corpo, deixou-se despir, nada falou, mas seu corpo todo me contou, talvez fossem duas, uma dona do corpo, outra possuía a vontade. Tramamos nossos gemidos, depois dormimos.

Quando acordei, na cama ela não estava, não era dela a cama, eu mesma fora dela, nos quisemos juntas, como todos na rua, não sei o que sentem as pessoas na rua, sempre tento, me esforço para sentir mais que eu, me sentir todos, fico pensando, se conseguir seremos a dor repartida. Apenas sei o que senti por ela, como se fosse cada partícula de um vinho que éramos nós, bebemos juntas e, por isso mesmo, transitou por nós criando pontes de ir e vir, nos ligou, nós ilhas.

Caminhava para a cozinha quando a vi no chão, uma taça quebrada, cacos, ao lado ela resolvera se espalhar em forma de gotas vermelhas, pequeninas. Cansada dos limites, rompeu o casulo, não criou asas de borboleta, mas fugiu da forma, viveu em gotas. Vi, também, que juntas me chamavam, me gritavam com bocas tão pequenas, só ouvi com meus ouvidos de ouvir gotas, formavam um sorriso, foi o amor mais belo que já senti. Então me lembrei do amor. Quando acordei, ela já tinha se despedido, deixou uma marca de boca no espelho, talvez na taça, já confundo os cristais.

Estou na cama, como vim parar aqui? A jaula balança. E minha história, terei me repetido tanto assim?

Sonhei? Achei que tinha adormecido meus sonhos. O lençol me enrola, o travesseiro me abraça, me agito ao contrário, contrario, meus pulsos estão presos, cortados, sinto o sangue vermelho, foram os cacos, sua taça.

— Toma o remédio.

27

De nada importa o tamanho da distância se separa o toque, se cobre o olhar, se festeja as cobiças construídas em imaginações apenas. O encontro no velório do pai de Rita acendeu nas duas emoções encurraladas por muito tempo, no tempo que não tinham certezas próprias, ditava-lhes o costume, a castidade parida em concepções lentas, fajutas. Quando jogaram fora um mundo de imitações, viram-se diante da paixão.

Rita, em São Paulo, seguia bem o desplanejado, a confusão dos sentidos ela transformou em pequenas tramoias, enchiam carências. O trabalho tomava seu dia, estudos, pequenas viagens, grandes viagens, conheceu. A sensação da expansão do minúsculo, das possibilidades, do encanto da diversidade ignorada.

Zel continuou aparecendo em piscadas alegres. Continuou Rita com receios apagando as frases, e volta Zel despretensiosa, e vai, pisca, atiça, volta. Foram alguns meses antes do desejo aplaudir o encontro.

— Este fim de semana vou aí – assim mesmo, seca.

— Vem visitar a cidade? Sua mãe? – assim mesmo, dissimulada.

— Não, Zel, vou para te ver.

E foi mesmo. Sem novos avisos, sem as cerimônias dos encontros. Passou pela casa de Zel, não estava. Antes do encontro, é bom que se diga, ouve uma quase troca de comportamentos, não para quem eram agora, para quem foram. Rita procurando, arrojada, buscando explícita, sem parecer buscada. Era uma mulher que instintivamente farejava a certeza. Zel parece ter percebido determinação, essa ela conhecia.

— Não, Zel, vou te ver.

Seu jeito irreverente trocou a alegria usada por uma seriedade que não sonegava receio. As duas sabiam o que significava o encontro, antecipavam a altura das emoções e atrasaram o momento, a beleza dos sentimentos não conseguiram transformar em ternura imediata. Seria Zel à porta da varanda, Rita desce do carro, se encontram em algum degrau satisfeito, no meio da escada, os aplausos escondidos do passado, um abraço mudo, longo, o olhar, não sei se se beijariam.

Se acharam na praça, por acaso de cidade pequena, quase se ignoraram, o corpo pesou-lhes até chegar à garganta, peso de garganta. Os raciocínios embrulhados, empilhados em desordem, não sabiam a sequência do belo. Seria aquele um filme repisado, o olhar, o caminhar lento, apressado, mãos se tocariam antes dos lábios. Não. Nada além de frases desconexas.

— Achei que chegaria mais tarde, estava ocupada – um amigo a acompanhava.

— Pois é, vim sem preocupar com as horas, distraí no caminho, parei para tomar um café.

Nunca a falta de assunto amorou diálogo tão denso, nunca frases tão tolas abrigaram tanta vontade embaralhada.

— Então? Tudo bem aqui? Passei por sua casa, bati, depois passei pelo hotel, deixei lá o carro e andei. Vi uns conhecidos.

Nunca ficava com a mãe. Depois dos desentendimentos da infância, quase adolescência, dos segredos desistidos de pensar, depois de desfigurada a família, Rita não voltou àquela casa, foi apenas no dia do desprezo, o cuspe encolhido não atingiu o pai morto.

— Estou ocupada agora, como te disse. Este é fulano, está me ajudando em um trabalho.

— Então combinamos de encontrar depois, quando puder, estou no hotel ou andando por aí.

Se despedem em sorrisos moles, como se atrás do disfarce já não soubessem o que iria acontecer. Já é quase noite quando Zel passa pelo hotel.

— Vem comigo – foi a única frase que autorizou o coração trancado, ainda trancado.

Rita nada disse, abraçou Zel, jogou na bolsa as poucas coisas que havia, o homem da recepção estranhou a pressa, ameaçou nada cobrar quanto Rita já lhe pagava a diária desutilizada. O que veio já se contou nas amostras. Passaram o fim de semana nos cochilos, carinhos e conversas de depois do sexo. Desta vez ajustaram vontades e se permitiram mais, se cobiçaram juntas.

Se visitavam quase todos os finais de semana, Rita ia mais, por praticidade, tinha um carro e não lhe incomodava a estrada, ao contrário, gostava do caminho de ver Zel. Ouvia as músicas de ver Zel, parava no posto de antes de ver Zel, batia forte o peito antes de entrar na cidade de tocar Zel. E as conversas tramadas em euforia, novidades recontadas ao vivo, os planos, Zel sempre tinha para o fim de semana.

A cidade desacostumada das diferenças nem as notou, ou se notou guardou nos becos dos segredos, segredos das histórias de contar um dia, a cidade dos loucos conhece tudo afinal. Rita cuidava de visitar a mãe, aproximou-se mais, mesmo que pouco.

— Moro em um lugar onde tem tudo, mãe – convidando-a para conhecer, torcendo para ela recusar, como sempre foi.

Em São Paulo, no prédio, Zel era considerada pelos porteiros e pelo zelador como Dona, deferência que Rita jamais havia merecido, e ficou a dúvida misturada com a graça.

— E D. Zel? Não vem este fim de semana? Que pena – e esses comentários de gentileza faziam Rita sentir-se bem, gostando do mundo, enchida de alegrias e companhia.

— D. Zel não pôde vir, mas mandou lembranças.

Tempos depois, quando os acontecidos acabaram por reparti-las, continuaram todos com perguntas eternas.

— E Rita? Quando volta?

28

[Zel em pedaços]

Ainda me escrevo para você, Rita, ou para mim mesma, se nem envelopes tenho a me conter. Dar pena às emoções, pode ser esse o sentido inquieto a diminuir nossos encontros, nem conto. Procurar os sentidos em buracos alugados do dentro, uma casa sem forma e trancada. Queria escrevê-los em papel de suavidades, usar o olho em contramão e iluminar a outra face com as letras maiúsculas do concerto único, foi assim para nós. Trombar nossas palavras em harmonia antiga e daí consagrar o reencontro. Mas é o tempo, paralisa e assiste, não se importa, porque de emoções só entende o passar. A simplicidade é dona do diálogo manso, o revelar das verdades, somos verdades, Rita, neste lugar, em arremedo de engodo, somos verdade.

Imagino-me criança, não me respondo a dúvida.

— Como podem nossas cabecinhas pequenas guardar os pensamentos maiúsculos?

Desentendida das incoerências de um universo cuspido, meto-me brava comigo, nem me explico, mas não me desconto. Vou para o parque das leituras, hoje faz frio, vou sem Ritinha, tenho um livro, procuro uma nesga de sol enquanto me divido com o cenário, me encaixo em cenários, eu e você, mesmo sem você. Finjo me esquecer nos canteiros, duvidar da vida, ouvir a canção da natureza dedilhando-se em instrumentos singelos, sopros, pancadas.

Hoje não me entendi bem com a tristeza, lembro-me muito de nós, lembro-me do que seríamos. Quando vim para São Paulo, enchida de dúvidas que nem toquei, você me trouxe aqui, bem neste parque você me apresentou alguma coisa que se parecesse com a cidade pequena, com pessoas andando, com a nostalgia de um mundo que nem conheci. Você foi minhas delicadezas retornadas, a cada espanto você me apresentava belezas, em cada uma nos via.

Quando nos separamos outra vez, quando eu saí de casa naquela tarde encostada na noite, não soube o que fazer com a alegria, me tomaram o pânico e a surpresa, senti o corpo nulo, minha voz teve medo e se guardou, para dentro ordenei a fuga, não quis te deixar, Rita, quis correr atrás de minha alegria que já sumia. Eu não sabia que ela se esconderia em você. Saí de malas, embrulhei aquele tempo para usar depois, fiquei dias fora, não contei. A tristeza me tomou toda, não me encontrei com outros sentidos. Depois a raiva. Não gosto de me lembrar disso, Rita, nem de saber, mas te odiei com todo o meu esforço. Quis te matar, quis te ver morta, te enterrar mais fundo que o amor que você mesma enterrou, foi o meu. Eu ainda afagava um resto de raiva quando recebi notícias do prédio, você não parecia bem, os horários, o jeito distante quando saía. Do trabalho também um colega estranhava. Ruminei minhas preocupações, me vesti de você, queria me oferecer uma desculpa para descer do ressentimento e te ver, não consegui. Naquele dia voltei só para te dar um croissant. Pois aqui chegamos, Rita, ou nem chegamos, se você já partia quando te vi.

Nossa, como precisava dizer isso, me cuspir, como se me descontasse ao mundo. Quanto rodei em desculpas, em casos pequenos, quanto me omiti, me calei para chegar a este momento e de dentro do meu amor confessar meu ódio, de partida, agora partido. Me desentupi, queria te abraçar, te beijar, sentir sua boca molhada de todas as lágrimas que nos conheceram.

Ah, se você estivesse comigo, sentiria sua presença no silêncio perdoado, como pode seu silêncio falar tão manso? Ainda conchavo com futuros improváveis a baralhar meus instintos, já fiz diferente, me dei à vida, hoje nem a vontade me explode, tal a covardia, me sinto covarde, Rita, não sou a mágica de desembrulhar este pacote de escuros, não sou a palhaça a debandar desalento. Estou dentro com todos e as saídas se confundem, a porta disfarçada. Sou só eu.

Até hoje, depois do fio puído, da imagem quase realizada, até hoje, quando chega a solidão pego meu livro. Sempre começo pela folha, a primeira, onde você escreveu seu nome. Esqueço meus olhos, as páginas nasceram comigo, gosto de ouvi-las, como você me embalando, talvez assim, com os olhos fechados para fora, possa vivê-lo, sentir cada parágrafo, os dias em seu calendário misturado, os cheiros dos significados, possa respirar esta história até que se encontre com seus sentidos e se torne nossa, lembrada de mim em folhas. Seria eu em sua caligrafia, seus rabiscos, nossa dedicatória.

29

— D. Zel não tem vindo, ela brilha, brilha seus olhos, Rita – a mulher do zelador era um vulto desaparecido entre paredes da garagem, à Rita aparecia muda, sempre em fuga, a bíblia encostada debaixo do braço sem que merecesse leituras, decorada.

— Ela anda ocupada, sempre inventando muitos projetos, é só isso.

— Você sabe, Rita, levo neste livro muitos sermões, nada me contam a mais que os próprios corações, neles enxergo as vozes caladas.

— E, se não pareço intrusa, que vozes se calaram?

— Um dia D. Zel me acompanhou ao coro na igreja, eu mesma convidei. Sei que ela não costuma, mas foi. Ela não foi crer em nada, D. Zel tem a alma livre, ou se preferir, presa em generosidades. Ela foi só por que me faria feliz, ela sabia disso e ficou até o fim. Depois, já chegando ao prédio, ofereci um café, ela foi conhecer minha casa. Ela sabe meu nome, o nome dos meus filhos, ela me pergunta sobre o coro, quer saber para quem canto, quando estou vagando pela garagem, ela escuta meus sussurros, meus solfejos, isso só ela escuta.

— Ela não comentou comigo, às vezes, quando está aqui, fica sozinha em casa enquanto trabalho.

— D. Zel não é mulher de comentários caducos, Rita, você deve aprender a ouvir os silêncios dela.

— E foi Zel à igreja com a senhora? Pergunto apenas porque ela nunca vai.

— Eu sei. Mas ela não foi ao que você chama de igreja, Rita.

Rita não sabia o nome da mulher do zelador.

— A senhora me conta carinhos e me emociona com eles, me emociona com Zel – fecha a porta do carro.

Quando se vira, ela já tinha se diluído em canções, canções dela que só Zel mereceu. Apenas Zel desviou suavidades, aconchegou no seu um canto diferente, uma alma servil, talvez, para ela um íntimo de crenças diversas, apenas diversas.

Rita fuçava os dias, passeavam sem Zel. De alguma forma conseguiu ouvir de Zel os tais silêncios.

Foi assuntando suas querenças. Começou a duvidar do engodo das paixões.

— Que se parecem paixões, sempre querendo mais que nós, sempre nos despedindo quando se aborrece. Paixão é tédio ainda enrustido, Rita, é a explosão minuciosa, começa em euforia, depois o enfado, a solidão a soprar nossas próprias cinzas – e o monólogo girava, contava-lhe segredos, ela espantava.

Acordava no meio da noite, olhava as janelas, as luzes na madrugada, cada claridade um inumano, se não nascemos para o convívio foi apenas para tecer abandono no escuro, para conversar com lençóis na cama de insônias. Nessas horas trazia Zel para seu lado.

— Volta para cama, Rita, te conto um carinho de dormir.

Então deslizava para perto dela, de costas, se deixava abraçar, levantava o cabelo para que ela metesse por baixo o braço. O carinho dos corpos grudados, dos sonhos vizinhos. O carinho que, desleixado, às vezes virava sexo, o sono aliviado, livre.

— Volta para cama, Rita, te canto um carinho de dormir.

Ela demorou muitas solidões a ver o óbvio. Quis o toque. Quis o toque virado verbo na matéria dos dias. Foi agredindo preguiças e medos até que o verbo foi grito.

— Vem morar comigo, Zel. Te quero no dia, na cama, no dia depois do dia.

E enquanto lia seus argumentos no quadro atrás dos olhos, quando segurava um pranto inseguro, quando segurou as duas mãos de Zel a medir distâncias, ouviu.

Disse soprando tanto amor e liberdade que as nuvens de Rita caíram. Se olharam do alto de alguma montanha imaginada e Rita percebeu outro monte incontado, além, o tempo de ficar.

— Onde moro tem tudo.

30

[Visita]

Hoje te vi contando pânicos. Tive medo, depois me consolou seu compromisso com um destino, um que não conheço, você não me contou o seguir. Te conheço de tanto, tanto te amar. Quando você se cercou de outros argumentos, agarrou sua solidão cheia de seus sentidos, sim, você chegou a me contar a alternativa, aos medos, às dores. Você só se esqueceu de me contar esta dor, não me falou da angústia que te trouxe o amor. Você me escreveu, te vi no papel, mas papel não responde, não sente minhas lágrimas, elas só servem para te apagar em tintas. Queria ter me despedido, se foi isto um caminho decidido, queria ter pelo menos me despedido. Teria te olhado em olhos lúcidos – Eu te amo, mesmo na partida te amo. Mas você foi se perdendo aos poucos, qualquer despedida significaria minha desistência, nossa morte. Preferi te ajudar, transformar meu amor em amparo. Quando você finalmente fugiu, não pude te dizer, então fico procurando algum buraco, um telefone de linhas e latas, um caminho de voz, uma porta em seus ouvidos, algum modo restante, preciso te dizer.

— Você pinga amor, dor cortante, é para você que murmura a morte – você resmungava. Toquei meu ouvido em seus lábios, antes você me falaria safadezas, me contaria nua, agora me esforço para te decifrar, para ganhar um beijo sem estalo.

Nesse dia, me lembro bem desse dia, você se deitou e seus olhos sumiram, mirou o teto, perdida, sua boca aberta querendo mais ar. Hoje você parece arfar a mesma emoção. Se te levou a desculpa do rancor, a culpa do amor, aqui vejo, nada valeu. Tantos anos juntas, você me festejou em cruzadas de caminhos, sentidos antigos, sim, agora sentíamos os apegos alojados, nos aconchegamos em ternuras, a casa nossa rua de encontros, o sexo no sofá, na cozinha nuas, espelhos a nos multiplicar e orgasmos. Você não fez trato com a intensidade, quando percebeu que tudo não passava de amor, muito, você sentiu a dor, a dor que não me mostrou sumiu em você.

Te ouvi, te ouvi como agora, você ainda repete, sua mania de escorrer pela solidão não te trouxe de volta, você me disse que voltaria. Você apenas repete. Seguro sua mão, a minha em seu peito sente a batida oscilante, queria te ouvir pelo coração, mas ele também repete, mudo, seco. Você abre os olhos e não me vê, não sei quem te olha, não sei quem te ama e te fez ficar, quem te chama de volta. Sua cara entorta, você transpira, sua mão fria, seu coração tímido. Olho para o chão quando te perco, como se te procurasse no chão frio. Converso com o tempo, busco palavras, te falo saudades misturadas com soluços, você semeia indiferença.

Te imagino em um campo sem flores, jogo minhas sementes, as que cuido, meu tomate vermelho é meu coração que te dei, era assim que você falava. Também te dei afetos, meus afetos um dia, me embrulhei para você, fui com minhas botas, levei minha horta para você, onde cultivei cada pedaço seu e dei nome. Quando te apresentava as plantas, você confundia com matos, era você que plantei comigo.

Você se levanta afoita, suas mãos procuram o ar, seus olhos miram adiante, onde não te conheço. Quando procura seus chinelos, no mesmo chão onde te perco, já te tomaram os ventos, então você voa, como as folhas secas do jardim de matos, você voa. Te espero de volta, é quando penso onde te quero, te quero comigo, apenas não sei onde te contar, qual o seu momento verdadeiro, onde poderei te buscar quando você se cansar e me estender a mão. Saberei ler seu olhar, saberei te segurar, saberei te querer se voltar, nos vasos pequenos da horta de vasos separarei as folhas secas, te ensinarei os matos, os nomes de flores e plantas, te darei meu maior tomate e você o levantará levemente, como fosse meu queixo, antes de tantos beijos pedidos com os dedos.

31

Sempre gostou de jabuticaba, o barulho que elas faziam dentro da boca, do gosto não fazia questão. Então escolhia as maiores. Zel pensava em jabuticabas como pequeninos balões, cheios de ar, quanto maiores, mais explosivos na boca. Às vezes cuspia depois da explosão. Ficava o chão cheio das cascas e jabuticabas estouradas, o chão de Zel. A casa ainda tem um quintal com as jabuticabeiras, elas ainda estouram na boca.

— Se as jabuticabas fossem coloridas te pareceriam apenas balões para estourar.

Nos tempos de morar em São Paulo, elas iam pouco à cidade dos loucos, brincavam assim, lembrando verdades, lembrando delas em invenções e disfarces. Era uma cidade pequena e tranquila, todos os acontecimentos eram celebrados com euforia, ali sempre havia alguma coisa para chamar de melhor do mundo, e todos acreditavam que era mesmo. Zel tinha certeza que aquela era a melhor jabuticaba do mundo, além da goiabada, dos bolos, dos loucos, os mais loucos do mundo.

A casa de Zel, onde ela morou depois de se mudar de Rita, e morou outra vez antes de se mudar para Rita, foi ficando desusada, tomada de matos e sujices, até que resolveram as duas passear por lá, pouco, amiúde, foram assim tomando gosto pelas escapadas de fim de semana. Não demorou e fizeram dali um aconchego simples, um jardim de flores, como houve, esse Rita domesticava logo à entrada, semeava, arrancava matos, sem saber muito bem a diferença. No quintal dos fundos brotou uma horta, de botas longas Zel se entendia com os verdes e vermelhos de comer, os temperos, as frutas, tudo plantado e tratado com a intimidade que ela dedicava a qualquer mato, fosse de arrancar, de florir ou de comer.

Nesses dias, quase sempre quentes, elas esperavam o sol desligar os raios mais fortes e se divertiam molhando as terras plantadas e desplantadas. Conversavam da vida, desfaziam do tempo, imitavam planos sentadas a esperar alguma estrela apressada e o refresco do poente. É que alguns assuntos ficam presos, enrolados em opiniões mandonas, então, às vezes, nem sempre, acabam driblando as censuras e aparecem malandros.

— Você viu que nasce ali uma pequena jabuticabeira, Rita?

— Para mim ainda é um mato, mas você tem essa mania de dar nome aos matos, eles acabam pensando que são mesmo o que você disse.

— É sim, veja ali do lado do tomateiro, ainda minúscula, jabuticabeirinha.

— Quando crescer, vai espantar com sombras a horta e você terá mais galhos cheios com estas bolas, se confundem com seus olhos.

— Que nada, essa ainda demora a dar sombra. Serão nossos filhos a escalá-la – a explicação de Zel estoura em sua boca e cai madura.

Um remanso abafado fica dono do ar, as duas abafadas, a resposta inconclusiva.

— Pois é.

Domingo já é dia de voltar, arrumam as coisas da casa, a bagagem pequena, deixam as chaves na vizinha, cuidava de molhar as plantas. De carro são duas horas e meia, vão em assuntos frouxos, um diálogo monossilábico escorre das línguas, sublima, até o apartamento em São Paulo.

— Serão nossos filhos.

Durante esses dias o assunto ficou tricotando as conversas, silencioso, escondido outra vez. Zel falava de crianças, de infância, a ver se a outra, domada em embalo, tirasse a tampa daquela panela que fervia. As duas tinham o mesmo medo de querer, medo da reação e não da querença própria. Rita também ruminava receios silenciosos, algo parecido com o que não se atrevia a explicar.

32

Zel carrega a vontade de compartilhar seu corpo com a vida, de senti-lo se transformar calado, de ouvi-lo gritar as emoções ainda mudas, de um dia se dividir, explodir outra vez em criatura, entregar amor ao mundo. Nunca havia se contado em detalhes de sentir essa extravagância, também nunca tinha pretendido se casar outra vez, fosse homem, fosse mulher, fosse verdadeiro o que não sabia. Percebia que Rita lhe entregava, sem alarde, uma vontade de permanecer, ela conseguia expulsar sua tentação de morar com a abstinência. Mesmo comandando algazarras, acabava comemorando o fim do dia sozinha, com Rita não, queria adormecer sua agitação. Vivia o alívio de um encontro, a cessação da busca que nunca tinha reparado.

Foi essa vontade tomando coragem, se expressando em raciocínios e emoções, imagens de emoções. Zel descobriu que carregava disfarçada esta vontade de amar em Rita algo inexistente, de carregar em seu ventre o fruto dessa inexistência. Quando o veredito tomou forma de caber em palavras, ela voltou ao assunto, agora serena, determinada.

— Rita, quero ter alguém para guardar nossas jabuticabas, quero ter alguém para levar em meus braços, para levantar lá em cima e buscar a fruta mais alta, depois quero te dar essa fruta, seja nossa.

Rita abaixou a cabeça, fazia muito isso, quando fugia do momento, quando lhe tomava a escassez de resposta. Amparou a cara com as duas mãos, os cotovelos na mesa da cozinha onde tomavam café. A ela pareceu uma eternidade a viagem em neblina, conseguiu separar as recordações da saudade, esqueceu as terras áridas por onde correu em fuga, quis se lembrar de um futuro que restaurasse os créditos com o mundo. Consultou primeiro, ainda muda, a alegria de Zel, procurou se encher dela, não para compartilhar, para medir. Descobriu grande demais para conhecer antecipadamente, mas juntou em uma mão tudo o que significava para ela Zel.

— Eu também quero.

Abraçaram-se ali mesmo na cozinha, longamente. Zel cozinhava todas as dúvidas práticas, se confundiam com a imagem da jabuticabeira agora grande, uma criança estalando as frutas, cuspindo, o olhar ciscando galhos à procura da maior, o olhar ciscando carinho, buscando cumplicidade, o abraço pequeno que nem cabe tanto calor. Rita carregava certezas misturadas com dúvidas, começava um caminho novo, era Zel dona de suas certezas, e isso bastava. Por enquanto bastava.

Pouco foi o tempo do espanto, logo as duas compartiam as alegrias futuras, planejavam, imaginavam suas próprias travessuras travestidas de criança, uma que seria também filha, filho. Sentiam-se mães adiantadas. Mas Rita ruminava um aperto, uma cisma diferente no coração, confundia com novidade, com o respeito aos afazeres à frente, esses Zel transformava em coreografia de fantasias múltiplas e regadas de euforias.

Foi ela quem buscou entre conhecidos, amigos e amigas, as opções para sua fertilização. Depois discutia com Rita. Um processo longo, alguns meses para que as ideias amansassem e se transformassem em praticidades. Ambas ligaram a urgência do filho ao desejo do ato, queriam ligar todos os momentos, como se fosse o amor esticado desde a decisão até o nascimento, todas as ausências preenchidas, as duas juntas até virarem três.

Depositaram-se carinho. As expectativas e preocupações, ao se enrolarem ao futuro, invadiram em tamanhos diversos as providências. Nesse tempo colecionavam alegrias, nenhum rosto partido, nenhuma sensação atrasada a dinamitar suas pontes. Ainda não.

33

Há que se fazer algum esforço, ampliar os horizontes do romantismo, do erotismo nem se fale, para envolvermos em prazeres corriqueiros do casal, nem por isso desmanchados, os acontecimentos que estamos prestes a relatar. Imagine-se, ainda para entendermos, que o momento da concepção carrega traços, minúcias, embarcam os dois em um contexto de emoções e muitas vezes se desordenam a tentar conciliar afetos e prazer. O sexo trilha o caminho do mesmo gozo, mas à mente não escapam o vulto da consequência, o amor ainda desconhecido, inexistente na matéria, como se o espelho de mostrar corpos nus em toques, em lábios, orgasmos, mostrasse também o futuro, e o futuro fosse vida, outra vida.

Rita, levou-a Zel pela mão, mostrou-lhe o lugar que nem ela conhecia, mas já habitava. É exagero dizer da cumplicidade, não houve, vontades enroladas em histórias diversas, em intensidades domesticadas nos conluios íntimos de cada uma. A mesma cama de contos, sonos, sonhos e sexo, alargou-se, criou os espaços para as sensações privadas, para os frutos ainda em forma de querenças desajustadas. O quarto de velas, o carinho espalhado, renunciaram ao vinho desta vez, sansão da responsabilidade misturada, do sincronismo tático.

O doador, conheceram dias antes, exames a liquidar dúvidas, detalhes compartilhados, o desencontro firmado na mesma noite da rotina, a rotina dele. Pareceu-lhes bom.

— Um bom homem, simpatia não falta.

Zel não se interessou muito, desqueria qualquer testemunha, guardada apenas as duas em imagens mútuas, não importando os detalhes, esses Rita manejou com cuidado exagerado. Quartos distintos, portas encostadas, lada a lado, Rita atendendo ao chamado, olhar preso em Zel, quis lhe encher de carinhos, beijar o futuro, mas a tensão amarrotou o tempo. Depois da coreografia encenada sim, depois se beijaram longamente. Ouviram uma porta batendo.

Agora Rita entra no quarto com aquele pote de sementes, era assim que falavam. Zel está tensa, o olhar se perde em uma chama de vela, vê Rita em sombras trêmulas na parede, fisga sua imagem no espelho antes de encará-la, de ver o presente fugindo. Imagina-se nos anos que a esperam, na família habitando os mesmos lugares transformados por uma criança, ela e Rita. Troca a gravura, Rita se aproxima cuidadosa, como se carregasse um futuro em casca de ovo, já estão nuas, os corpos ganham uma lentidão metódica, uma beleza manuscrita, as feições fogem da cara e confabulam sozinhas, uma gota de suor cai da face de Rita e pinga na barriga de Zel, sorri, abre as pernas, se camufla entre travesseiros e almofadas bem dispostos, então recebe de Rita o amor derretido.

Depois das tensões amansadas, do carinho novo, deitadas já deixam o futuro passar, Rita engole um cuspe inexistente, uma sensação seca se enrola na garganta, respira todos os ares tentando entrar em seu corpo, tem uma angústia a seus pés, ela sobe tomando os vazios. Rita demora em dúvidas secretas, pensamentos fechados, afasta os redemoinhos de lembranças, sem sequência, nem sabe lhes dar nome.

Conta histórias, canta atraindo o sono em armadilha. Sono de remoer expectativas, cansado, os sonhos carinhosos, relaxa, embarca em tranquilidade, abraça Zel com cuidado para não a acordar, ainda não sabiam, estavam grávidas.

34

Mais só. Temo pelo tempo, não conheço. Duvido sobre o lugar, será que sei onde estou? Respiro difícil, quando me ocupo de mim fico ofegante, luto com o ar e ele me levanta, me flutua. Me deitam, quando ofego muito me deitam, já me acostumei, até espero, ergo os braços e me entrego, eles que fiquem com meus braços. Seguram-me a mão, não reconheço a mão, deveria antes sentir seu toque, ainda não te esqueci. Esqueci meus significados antigos, afastei os tratados mofados, nem todos, se me lembro de costumes devem ainda me espreitar obrigações, devo eu me vigiar, escondida de mim, algum armário fechado, uma cama de baixo escuro. Já este escutei nestas horas que conto.

— Enlouqueceu.

Acho meus risos de dentro, vejo meus olhos puxados de rir. Me deitam, tomo água, pouca, gosto de água de copinho. Me invade, pareço com o que me invade, não encontro minha linguagem, não sei pensar minhas desculpas. Minha única expressão é o lirismo de ainda te amar nesse copinho. Tento recuperar essa parte da razão fugida, espreita dentro de mim escondida, é quando me levam cadeias, onde não me limito, me confundo com seu amor, pareço uma paisagem difusa, aparece uma floresta difusa, não sei pisar.

— Enlouqueceu?

Agora sensação de não existir o antes, piso a verdade elementar, sinto viver ao mesmo tempo todos os espaços.

Me toma o pânico de despedir meus pensamentos quando consigo segui-los, apertados no tempo, borboleteiam, não sigo, quase pego, mas fogem. O não ocorrido transformado em sentidos que desconheço. Corro em círculos para me pegar, trombo na cama, não é minha cama, te esmago, de raiva, mas não é você. Temi meu encontro com a verdade, não sei de verdade, não foi você. Tento te amar pela última vez, mesmo que seja essa a primeira, a segunda última vez, seja por que consegui, seja por que me paralisou a sentença.

Estou sentada no tempo, os pensamentos em círculos, correm, se terei pensamentos, se serei círculo. O olhar exausto de lonjuras, esperanças desistidas, você saberá, se estiver por perto, saberá. O olhar talvez te pareça morto, é como o vejo por dentro, não sei onde estarei, vagando, como se meus sentidos seguissem minha respiração, apenas sinto minha respiração. São fracos os sentidos. Continuo te querendo, decoro um discurso, lento, repito longas vezes para não esquecer, a sequência me deixa, volto ao começo, não sei o contínuo, engasguei outra vez. Repetida.

Somos eu e as vozes, ouço vozes quando falo comigo.

— Enlouqueceu.

Fico inquieta, o coração não sabe onde bater, nem para, maldito. Corro para meu campo esquisito, campo não campo, esse lugar denso e repleto de paisagens sobrepostas onde deixei minhas sementes, eram tomates, me perco em encruzilhadas, escuto convites sedutores e não chego, nunca chego. Me atribula um empenho lento, me carrega de volta, de ida. Você me seduziu.

— Enlouqueceu.

Naquele dia, você sabe, me despejei da vida, me dediquei ao inexistente, fugi de todas as sombras achando que te encontraria nos descasos com o medo, em destrato com raivas, beijando desculpas já oferecidas. Largou-me o tempo e desisto. Todo meu esforço pode ter mesmo me apagado, posso ter fodido tudo, me sinto invadida, outro per-

sonagem, eu me invado, não me pergunto, não falo. Olho, consigo ver e não falo.

Na cerca além, não conheço aquela pessoa, me cerca. Sou a intérprete estúpida que reflete tudo o que penso, o personagem envolve meus pensamentos para que não virem palavras que quero ouvir, quero te contar, me soletrar. Ouço todos os ruídos, escuto todas as orações, todos os meus gritos se voltam e me contam ao mesmo tempo, me tranquei neste quarto, os sons se anulam, construí um silêncio, são agonizantes os silêncios, a vontade de te chamar, te pedir ajuda, me desculpar, nem a mim perdoo. Sou apenas meus ecos.

Te deixei refazendo uma face em desvanecimento, eu lembro da janela, apenas não conto, te rabisco na memória, rabisco todo o dia sua face. Tive um caderno onde tracei meu destino, me expliquei nas linhas, te rabisquei no canto das páginas, enquanto esquecia. Sua face em desenho, me resta o desenho, nem sei quem é, sei te querer porque quero alguém. Rodopio, quando paro estou tonta, quem vejo adiante é você, escolho ser você que nem me chama, rodopio outra vez, você me manivela de volta, eu peço, sou eu que rodo a manivela.

— Enlouqueceu?

Estou deitada de novo, ofegante, me contando toda outra vez, me escuto repetida, repetida, já disse que me perdi da sequência. Um reflexo ordinário, sou eu rebatida por paredes, sou eu querendo parar, andar pelo corredor, para frente, sequente. Os corredores longos e lerdos, eu correndo, são lerdos e não me alcançam. Me calo de um grito morto. Nem sei se chamo, mas cansei de me ouvir. Retruquei o tempo, quis me levar além do sol, pela janela, mas me mostro apenas em pinturas pretas e toscas, na mesma parede do corredor, em todo corredor refletidas, uma por cima de outras até parecer movimento, fico tonta, não me leva o movimento, nada mostra, mostra tudo em mesmo tempo, preciso do tempo para entender, me levaram o tempo, foi você.

Meus chinelos correm para baixo da cama, me seguem olhares, parecem torcer por algo em mim que não sei. Quebro a casca a me prender, me iludo, corro à frente da razão, adiante dos entendimentos, dou voltas ao sol, me perco das sombras em eclipse, e desaparecem as vozes, escuto o silêncio e noto apenas um sussurro, escuto sua voz longe, não aumenta, você não vem, te conheço risca-

da, engasgo em vômito, voltam as imagens do corredor me contando, te amo, mas quero ir e te amo, ainda correndo, sei que segura minha mão, também me ama, não sei voltar, não sei o que significa ir, te peço, me ensine a trilha, me procure, me ache, não me esqueça, tem meu tomate, tome meu disfarce, aceite meu beijo, no desenho, me beije em seu desenho, meu eco é você, meu silêncio, te vejo partindo, escuto gotas pingando, a barriga dói, mas não é minha, cuspo na cara do morto, te vejo longe, na horta, mas você não aumenta, vem me abraçar, pega um livro, tem um livro com nome, de coisas sem nome, rabisca seu rosto, sua boca, para me beijar, volta, não me deixe na jaula, desenha seu cabelo em minha face, é molhada, de suor, de lágrimas, não acaricie a barriga, não me assuste, me ame, sem gotas, sem remédio, sem matos e flores, eu mato, eu volto, para rasgar seu livro, te ver, me lembrar de você, conheço sua mão, me pegue, saberei que é sua, seus dedos longos, agora, estou tonta, vejo apenas cores, me para, bato em sua mão, são apenas riscos coloridos, grito um nome, seu olho gigante, me para.

35

— Estou grávida de um filho que é nosso – contendo alegria para gastar com Rita.

Explorou reações. Pálida, Rita sumiu. Seu olhar vagou em distâncias que não imaginava existir, derreteu, na tela de dentro das pálpebras os riscos, como a paisagem na janela de um carro em velocidade. O corpo inerte, como se não lhe pertencesse, não se pertencia. Um corpo emprestado a uma mente em desvario, desconectado, não respondia aos comandos, abraça, grita, chora, pergunta. Paralítico, covarde. Talvez tenha o medo este condão de esticar os lembrados e buscar no decurso as obrigações da desforra. Um instante apenas, mas consegue desenrolar o tempo para trás e dali voltar contando o escondido. Rita sumiu no passado.

A sala ficou grande, tão poucos eram os pensamentos de trocar, tão grande a distância a vencer para chegar à outra. O silêncio se acomodou. Rita se encolheu no sofá, vazia, não sabia o que escolher para chamar de sentimento, para encharcar seu interior. De Zel poderíamos supor o mesmo espanto, mas ela preferiu apenas testemunhar, alisou a barriga magra, olhou o caminho de chão até Rita, não a encarou, apenas vagou sua ausência. Foi para o quarto, a cama grande, viu-se nos espelhos, que tinha uma lágrima, uma que não lhe contou qualquer segredo. Dormiu porque não havia mais nada a fazer, não sabia se desenrolar do espanto e pediu ajuda ao sono, meio sono, meia lua nascendo.

Acorda com Rita parada à porta, não sabe por quanto tempo, nem Rita sabe, comandada pela nostalgia, pela confusão de épocas. O olhar percorre o escuro, os olhos fixos em Zel, a sensação de implodir. Quer se deitar também, seus braços acham caminhos, a mágoa impede, a mágoa intransigente não dialoga com ela, não lhe permite perdão, seu próprio perdão. Toma fôlego e busca se entender no contexto.

— Não há surpresas, não há traição, foi por amor puro que quisemos tecer um fruto, que estalasse em nossos corações simultâneos, decorasse ainda mais nossa festa – pensa e tenta coincidir razões com os raciocínios dos sentimentos, discordam, lutam, disputam a boca de Rita, cede ao desencontro, ao absurdo.

— Agora você me mostra outro amor, me diz que é o nosso próprio, me mostra que mora dentro de você, onde achei eu morava, põe minha mão em sua barriga, me pede para acariciar nosso amor. É seu o amor, a você amará não a mim, você a ele, não a mim. E te fará triste como todo amor grande que dói, e eu me farei raivosa e minha raiva pingará em sua barriga, e não entenderei, se já não entendo. O amor é o adeus dilatado, Zel, o descaso represado, a tortura em remendos até puir, rasgar e mostrar a face cretina, a minha salgada, riscada em cólera de acreditar outra vez, nem a dor conhecerei se repete.

Os pensamentos não fizeram trégua com as emoções, viajaram as épocas, cruéis, sem convite. Quando falta a atitude dos fatos ficam acesos apenas os sentidos, vagam desnorteados à procura de pouso, de alma, de tempo para amansar. Em Rita não tiveram dono, ela armazenou pedaços da vida em armários bem trancados, perdeu todas as chaves.

— Me esburaquei e os raciocínios passam direto por mim, por meus buracos, sou eu toda buracos.

— Estou grávida de um filho que é nosso – agora da porta, quase de costas, seu vulto diminui enquanto fecha Rita. Faz-se um triângulo de paredes e porta, espreme conteúdos, e vai apertando a paisagem, vai cegando em nesga, em olhos alagados.

Rita, embrulhada em passados, não notara o corre-corre molhado, não viu Zel engolindo desespero, sem saber o que fazer, fez suas malas, recheou com o pouco preciso, não levou o que gostava, porque não levou Rita, resolveu deixar seu gosto para qualquer dia voltar. Apenas não coincidia com aquele lugar, não combinava com o momento, o tempo contracenou trapaceiro com o discurso, já tomava muitas páginas. Zel não quis mudar o discurso, não era dona do tempo, só queria o vento da rua, que a soprasse.

Rita sentou-se com o rosto pesado, deitou em um colo imaginado, quis se afogar ali mesmo, morrer daquele momento e nascer em outro, quando nada tivesse sido, nada. Foi ruminando a sensação de renascer em outro mundo, um que lhe permitisse rever conceitos, pudessem as alegrias óbvias assim ser, pudesse amar a simplicidade, não se acumulassem os ódios, os desejos virando prazer despedido das culpas, as culpas envergonhadas acenando aos medos, mortos, porque há o sentido do ser igual, a quem não se destrói, apenas gosta, divide.

— Como dói o amor. Como se esconde a dor, vem camuflada, clandestina, quando chega não sabemos de onde veio. De onde veio? Sinto uma sensação reiterada, a sequência perdida. Me amedronta o medo de me amedrontar.

Confunde a origem, lembra-se da infância, das vontades entupidas, da sedução. Lembra-se do pai, maldito, da mãe, do amor que doía. Não sabe onde colocar a novidade, a barriga de Zel, ela duas, ela mãe, ela Zel, amor dobrado, o amor partido.

Arrasa-lhe a vontade de se internar, de se observar de dentro, no escuro, em seu buraco. Ali seria apenas ela a se contar, a desfazer a bagunça, a montar o quebra-cabeça. Tem medo da imagem desmontada.

— Quero me afastar deste inferno. Quero me ver à distância, para saber onde me encaixo, se sou eu essa peça invertida, esse pedaço de vida falsa, estou perto demais de mim, estou presa no tempo. Quero me ver sem dimensões, todos os momentos juntos, todos os espaços no mesmo quarto. Então eu poderia descobrir. É você que amo, Zel, mas tem algo, não sei, não sei.

Começa a se desentender com as próprias dores, além de perder a origem quer perder o motivo.

— O motivo não se apaga, Zel. Me mostra o interruptor de começar outra vez, de fazer outras escolhas. Me mostra outra forma de me sentir, me apaga, apaga tudo e me avisa. Então acordarei a seu lado, como se estivéssemos nascendo em um lugar de alegrias, como se soubéssemos distinguir a alegria, não seria o amor algum disfarce do medo, a fantasia do nojo. Não conheço a felicidade, Zel, quando me senti longa não soube chamá-la, quando me atingiu a angústia meus tempos pareceram pequenos, picados demais para conter um pensamento inteiro, por menor que fosse, palavras embaralhadas, sílabas sem pouso, o tempo sem nome, encolhendo mais depressa que eu, já não tenho saída, não sei a quem me render.

As mãos mostram a porta, braços esticados, o olhar vai adiante ignorando paredes, busca Zel, chama-a de volta. A respiração se calma, os olhos já enxergam para dentro, onde busca Zel em outros destinos, poderia ter tomado ao passado, quer inventar um presente.

— Preciso abortar esse padrão, esquecer que amo para conhecer essa ameaça, me encolher para caber no tempo, e te amo, Zel, como te separar da angústia, como conhecê-la em outros nomes que não sejam tão absurdos, se eu mesma sou ela, se é dela meu nome, não tenho sentido, me ajuda, não me dê motivos, quero o que não penso, o futuro vazio, ser livre de escolhas, flutuar sem presença, queria morrer, Zel, me perdoe.

Há um livro aberto na mesinha à frente, a agenda de Zel, ela dispersa procurando fôlego consegue ler entre lágrimas.

Os olhos ainda engolem o último soluço quando ela se interna.

O DIÁRIO DOS PEDAÇOS

"Não tínhamos época nem propósito. Toda a finalidade das coisas e dos seres ficara-nos à porta daquele paraíso de ausência. Imobilizara-se, para nos sentir senti-la, a alma rugosa dos troncos, a alma estendida das folhas, a alma núbil das flores, a alma vergada dos frutos...
E assim nós morremos a nossa vida, tão atentos separadamente a morrê-la que não reparamos que éramos um só, que cada um de nós era uma ilusão do outro, e cada um, dentro de si, o mero eco do seu próprio ser..."

FERNANDO PESSOA

36

13 de novembro de 2009

Como se estivesse escrevendo um livro que não poderei reler, o diário de um caminho sortido, sem volta. Me reparo como uma artista rabiscando crias subjetivas em papel de pão, rasgado, amassado, para poder me embolar, me apagar a qualquer momento, como se jogasse fora pedaços borrados, eu mesma borrada, me rabiscando outra, me apagando, me rasgando.

Depois daquela tarde, quando te vi chegando, você cercada de amor, você pingava amor, não soube o que fazer. Você me viu paralisada, não lembro se sorri, se te abracei. Senti uma dor enorme, vinha de todo o corpo e saía por todos os poros, e voltava já de saída. Eu tentava entender o sofrimento, a dor que pingava intensa, vi imagens desconexas, pareceram fantasmas de todas as épocas, gritos da infância, não gritei, o gosto do prazer me inundou antigo, mas não senti prazer, senti a briga incessante, não soube apartar e guardei, você intercalada, você costurada com minhas lágrimas, você única lágrima.

Sua mão em minha testa, seus olhos aprenderam a expressão de tudo, de uma única vez todos os sentidos. Pulei um pedaço da vida que não me interessou. Naquela tarde você chegou e eu parti. Talvez pudesse entender os motivos, a escolha desse caminho. Não me lembro. Quando me levantei e alcancei o chão, foi em outro chão que pisei, não pisei nosso chão, as gotas do amor pingaram, encharcaram nossos pés, eu vi, não ignorei seus olhos, sua tensão transformada em carinho. Eu só não consegui te abraçar, tocar seus lábios com as costas dos dedos, leve, deslizar por sua face uma mão sem palma, uma mão que nunca te quis prisioneira.

Você me viu calada, eu também calei meus ouvidos. Você saiu de casa neste dia, não me interessa para onde foi, sei que voltará. Você, nunca calei em mim, apenas eu não consegui voltar. Foi só depois de alguns dias, mesmo encarcerada, fugidia, entendi que poderia me explicar pelo caminho, me mostrar partindo, para você me entender em algum banco, no parque, se eu não chegar em mim, mesmo se voltar. Sim, tentarei voltar, por você, apenas por você contrariarei minha suspeita de solidão. Para entender outra vez seu sorriso, para saber que me esperou.

Este é o primeiro dia de um calendário promíscuo. Pregado na porta, vejo novembro, os quadrados antigos trazem anotações, o que fazer, o que comemorar. Vêm riscados, ainda me lembro abaixo dos riscos. Pode o apagado a lápis colorido também colorir de branco minha memória, de preto escuro, posso me esquecer da sequência e ficar trombando com o novembro. Eu rebatida em arestas, eternamente rodando.

Se te escrevo é por que quero existir mais, se forem pedaços é por que já comecei a sumir. O esquecido me fustiga, a memória cansada sorri para mim, posso recriar meu passado e construir um futuro que eu tenha sentido, mas estarei só. Não sei se me agarro ao desânimo ou se me deixo levar pelo inexistente, aquele que viverei sem jamais distinguir, se nem meus passos saberei identificar. E você não estará comigo, se estiver, não te saberei. Se esse dia chegar, seja qual for minha decisão, te digo de uma vez, quero te reconhecer, saber se te amo assídua ou só quando me pega de surpresa a omissão da dor. Se você estiver lendo é por que fui em alguma escolha, nem sei se tenho, talvez apagar minha história também signifique apagar a escolha feita e já apagada, então ficarei eternamente guardada no instante.

Tentarei me encaixar na organização, sempre fui esse método cansativo, obsessivo. Não te prometo a disciplina que sou, prometo não me apagar se já fui, escrita. Pensarei mais que as letras, correrei em ideias até correr delas, mas em momentos a ternura me assaltará, então olharei o calendário, tentarei e te contarei alguma parte ciscada sem zelo, que me tomar qualquer vontade, me inundar tanto de você e pedir para existir, outra vez.

Você provavelmente lamentará uma palavra errada, a frase sem sentido, a letra trêmula em rabisco lateral contando variações, um desenho, sempre desenho seu rosto. Poderei escrever apenas a meu entendimento, mas você saberá, você sempre soube alisar minhas alegrias, viessem como raivas, como sofrimento, você sempre me devolvia o mistério de seu sorriso, sua boca de desentortar minhas discórdias.

Se o ritmo não me enganar, saberei quando parar, saberei do amanhã já perdido, então levarei minhas folhas àquela papelaria na esquina, pouco abaixo, me receberá o mesmo dono, um senhor a amaciar a história, vive a consertar velharias, mas, quando as recolhe o passado, são novas. Nos conhecemos quando levei a torradeira para consertar, não gostou do meu livro. Pedirei que encontre uma capa bonita, capa dura para o tempo usar, levará um nome apenas. Abaixo, à direita, você verá o nome, e fico pensando se chorarei quando te identificar em letras, se você chorou ao me ver escrita, inerte.

Deixarei no lugar óbvio onde você encontrou, bem ao lado de sua agenda, você se anota, se programa, se esquece dentro das folhas, algumas soltas. Deixarei esse livro e, ao lado, ao lado deixarei minúcias de nossa vida, para você saber que lembrei, cada pedaço, cada objeto, pequenino e sujo, cada um te contará uma importância, você julgou apagada. Não sei se te acenderão os olhos os brilhos da surpresa ou da lembrança que crescerá até te bordar a face, espero que, suave, você acaricie momentos, olhe para cima, para onde olha a nostalgia, uma lágrima apagada escorrerá por seu sorriso, seja um sorriso.

Também deixarei os outros papéis, os que te ensinarão minha nova casa. Escolhi entre muitas, mesmo sabendo que pouca diferença fará o ambiente, quis me ver a caminho de mim, em meus caminhos com você. As orientações sobre minha internação você já encontrou, se estiver lendo agora, você já as terá encontrado. Não sei o que você fará primeiro, se lerá o livro chamuscado com minha língua dispersa, sem ordem, enquanto me vê des-lúcida, ou me levará para onde te acompanhará o alívio, alguma paz de me ver da porta, olhar enviesado ao sair. Minhas malas já estarão prontas, sempre estiveram.

O tempo perdido só o achamos em arrependimentos, o tempo se encolhe em todas as épocas, e continuamos tramando novo futuro, apenas por que não existiu o passado. Começo esta volta. Neste dia, meus pensamentos já estarão à minha frente, me olharão preocupados, alegres, nem sei. Se forem suas as mãos que me acenarão invisíveis, me fantasie de preto para me esconder na tristeza.

37

10 de dezembro

Hoje fui ao médico, não sei se você reparou, também não te contei. Dele não espero nada, quis saber de mim, se eu tinha alguma pergunta a me explicar. Me sentia perdendo o interesse pelo passado, disse a ele, a ponto de querer desmanchá-lo mesmo, uma borracha apagando minhas frases, já estava até conseguindo. O silêncio passeava amiúde por nós, gostei daquele silêncio, gostei que ele não abusasse de mim. Me deixou mesmo quieta. Fiquei confortável com nossa mudeza e tratei de morar ali.

De fato, não quero sair de onde estou, agora escolhi esse canto, agora me encolhi na inexistência, na passagem dela. Daqui crio as ilusões a me dar abrigo. Talvez nem volte, ao médico, tenho medo que ele possa me mostrar as exigências que não tenho. Existe uma razão para eu me afastar, até de mim, não a conheço ainda, ela ronda. Se me entendessem a partir de razões, outras razões, que diferença faria? Seria eu mais um pedaço do que não quero, eu brigando com os pensares alheios, são iguais, apenas hábitos, apenas raciocínios medíocres, temos todos, quando divergimos, até rótulos nos atingem a face.

Quando finalmente conseguir, não saberei o que, quando realmente fugir, não saberei onde estarei, quando me despedir, não quero uma marca, quero viver o não imaginado, o nunca percebido, quero experimentar meus sensos trocados, trançados, não quero apenas uma razão diferente, preciso encontrar outro asilo, morar na descontinuidade que poderia ter sido. Ainda me confundo, me afoga uma sensação de ter escolhido todos os caminhos não trilhados, de carregar o peso de todas as decisões não tomadas, de ser tudo que não fui. Você consegue se imaginar como o não?

Posso falar em escolha, mesmo sendo tudo que não foi, talvez uma escolha de não me escolher presente, não me colher obsoleta. Estou confusa. Cada passo me diminuiu, cada preferência me deu tão pouco. Fico prisioneira com todos, essas decisões foram nos tomando, me restaram poucas bifurcações, quero respirar a ausência, quero minha caverna sem luz, quero outras grades. E esse médico? Será ele a definir meus limites, a me ordenar um lugar?

Se assim for, não terei mais forças, me matarão mais uma vez, porque a maior parte de mim é o que não existe, não escolhi. Então posso querer brigar comigo. Ninguém saberá, nem você. Apenas me calarei para fora enquanto contornar meus silêncios. O que sinto agora nada me diz, a vontade de alívio, a aflição desnutrida. Como não sei me entender, você me verá amuada, te peço desculpas do que ainda não é, ou foi, agora me lendo. Não sei se me calo da vida por fraqueza, por omissão ou por convicção, nem me importa saber. Talvez seja excesso de paixão. Como explicar se não sei o que quero entender.

É importante que você conheça esse momento, mesmo pequenino, talvez te fale outras vezes, não sei se me afligirá a tentação de me explicar, cada vez mais, quando me aproximar do desentendido, mais e mais. A tentativa servirá às minhas razões e às desculpas que te devo, te devo desculpas. Decidi tudo que me perseguiu e escolhi me acorrentar ao desatino, pareceu desatino essa felicidade enganada. Você viu uma decisão precipitada, não. O gatilho apenas expulsou a carga explosiva, a carga já explodia, desde meu primeiro desejo esvaziado, desde que me estrangulou o conluio desleixado, as verdades prontas, muito cedo lidei com sensações, hesitavam em me contar, eu também preferi não saber.

Não me importarei em voltar às minudências, apenas poderei não reconhecê-las, mas você já terá as respostas, você presenciou tudo. Pode ser que me veja em delírios dos sonos mal dormidos, eu me manifestando sem algemas, eu enfim solta, sem ser, solta. Não saberei os termos do delírio, não sei se serão estes que agora conheço, você saberá distinguir e, agora, quando me lê, você estará ligando os ocorridos em nossa linha, nos ligando para encontrar um atestado.

Quero que consiga me desejar, pena não espero, coragem, paciência com o episódio torto, posso ter sido, ou raiva, não te julgarei. Do médico não te falarei mais, posso tentar enganá-lo, se me lembrar das lonjuras, posso tentar ignorá-lo, se me dedicar mistérios fajutos. Posso matá-lo, se quiser me matar antes de eu não ser.

Ontem você voltou. Fingiu a escapada como uma volta pelo quarteirão.

— Te trouxe um croissant, quer café? – você sorriu espantando passados.

Espero que ainda esteja aqui. Espero que esteja lendo, se estiver, você acreditou mais que eu, em mim mais que eu.

38

21 de dezembro

Engoli aquela poltrona, parece, meu canto preferido para ler. Você conhece quando me levam os livros. Você, além, sabe, ando pensativa, depois de tudo, pensativa, talvez tenha te falado da angústia, mas nem sei o que significa. Por enquanto é isto, minha solidão, só te pareceu mais intensa talvez, mas você nada comentou. Você tem este acordo com o tempo, ele te fala do ritmo, você entende o tempo, diferente de nós que estamos sempre a brigar, poderia passar mais rápido, mais lento, gostaríamos de esticá-lo, de encolhê-lo.

Então foi assim, enganei o fim de semana. Te disse nada do médico, disse que não queria tocar no assunto, me incomodava, menti até, te disse que falaria na medida do entendimento. Você trouxe duas xícaras de café forte, você corteja delicadezas. Como é bom te ver também quieta, você inventa distrações, imitam trabalhos, a paciência te cerca. Mas naquele dia você não trouxe o aconchego, para mim você não trouxe.

Li nada. Foram dois dias passeando a vista pelo ar, pelo pequeno espaço a separar as páginas dos meus olhos. Você às vezes me pergunta tranquilidades, escuto de longe, comemos, eu só tive a voz suficiente para elogiar, você cozinhou. Fez sua bagunça de sempre, depois eu limpei, vi a pia cheia, pensei que um dia poderia me inundar. Você me tratou como uma doente, falo da atenção, do zelo que despejou sobre mim naqueles primeiros dias. Não sei se abusei de você, se deveria te querer mais, te abraçar talvez, um abraço de parecer a seus olhos que estava bem, tudo iria passar, de parecer aos meus também.

Tenho passado como posso, um desânimo com a falta de sentido, de acordar, trocar de roupa, tomar café, ir, voltar. É isso a vida, um ônibus, ir e voltar. Queria te ouvir me entregando o bilhete, mas você também não tem e se diverte mesmo assim. Tenho medo. Mesmo agora, já tenho medo que você não consiga me acompanhar até o fim, é, se existe um fim. Tento esboçar alguma gentileza, interesseira, porque tenho medo da minha solidão sozinha. Corro para ela, para onde ela esconde meus medos, as novidades que me levarão, até lá preciso de você. Dorme comigo, me conta seu dia, bem baixinho, me faz um carinho, encosta em mim, sua bunda, vira e me beija. Ainda consigo te querer na minha mentira, ainda consigo te comer nessa ficção.

Acordei no meio da noite, nem procuro o relógio, às vezes um sonho, uma agitação me arrasta por dentro, aumentam minhas aflições. Nesses dias tenho acordado muito. Não me incomodaria trocar as horas, mas ainda o trabalho. Me levanto lenta, tateio no escuro e muita vez consigo chegar à sala sem trombar em nada. Ligo a televisão para ver as imagens pequenas. Ontem você sentiu minha falta e veio deitar no sofá comigo, encolhida, te abracei, senti uma vontade enorme de ficar, te amar. Logo dormi. Tenho trabalhado como posso, nem sei se consigo, se já alguém de lá te ligou a indagar algum problema, se nem falam comigo, se apenas imagino o desempenho.

Ainda corro no parque, não sei se você viu, sempre te falei que me fazia bem, esquecia atropelos, voltava animada, a roupa colada de suor, seu tesão descansado. Agora não sei se quero ficar bem, se quero voltar animada. Se me procura o buraco, se me desquero, me quero quebrada, não, não mereço facilidades, não busco desculpas.

Fui para competir com o enredo, te enganei. Sentei em um daqueles bancos duros, espantei as mesmas galinhas inventando poleiros, sujos de bosta, nem sujeiras pensei, pensei nada, vi o prédio dos peixes fechados, nunca entrei, imaginei agitados em um aquário pequeno, evitando paredes transparentes, soltos na água, presas do espaço, sou eu meu aquário. Chego em casa seca, mais de uma vez, você nada pergunta, também não me quer, perdi meu suor de você me comer, salgada.

39

25 de dezembro

Ontem fizemos nosso Natal. Nós duas, como em outros anos, não sei quantos. Tentei consultar o antigo que ainda consigo, ver como tratamos a data se nunca nos demos às crenças. Foi algum nascimento, como uma primeira festa de aniversário, o aniversário de minha partida, só minha ainda, sem lugar de saída, o pouso de chegada para nada. Sei sim para onde vou, só não sei quem serei, então não sei o que conhecerei como este lugar, nem sei como serei tratada. Espero respeito, no protocolo de drogas poderei me sentir alijada, flutuante, se não é isso mesmo que busco, queria uma cordinha amarrada ao dedo para me chamarem, apenas para me fofocarem as alegrias, dos que cuidarão de mim, é deles que falo. Não tive como celebrar um acordo de conduta para viger, até voltei advogada, você notou?

Poderiam me deixar em paz? Poderiam me fazer alegre? Alguém pode me escutar baixinho? Esquecerei a última página? Me vigiam nessa floresta? Vocês contam todas as folhas? Quem levará meu diário?

Ontem cansei de perguntas, você me notou pensativa, estava perdida, não disse nada. Você ligou alto um som de músicas divertidas, de dançar, você adora dançar. Você me concedeu uma dança, muitas. Às vezes acho que minha vida é te agradecer. Você me reconhece partida, partinte, mesmo assim você cata meus pedaços, os cacos maiores, com eles você me devolve.

Abrimos vinhos, bebemos bourbon, o álcool me trouxe inexplicações, dançamos. Você estava doce, gostosa, insinuante. Você se despiu, a janela de olhar a rua aberta, deixamos aberta para que alguém pudesse ver nossa alegria, comprar algum gozo. Gostei de nos mostrar, também me despi, continuamos nossa conversa de corpos, copos cheios, vazios. Me ajoelhei e beijei sua perna. Concordei com a música, dei um gole grosso em algum copo, consegui pegar, estiquei o tesão, te estiquei comigo, como sempre foi, para conhecer o futuro ainda desmanchado e voltar para você, ilesa.

Sua perna fugia, voltava ao sabor do ritmo. Por segundos, pensei no ritmo, não cobria minha partitura, desertei minha caduquice e acariciei seu ritmo. Então você se deitou no meu chão, como se tivesse te puxado a cordinha. Você parecia cansada, seus braços esticados para trás, seu peito cabia em minha boca, é, sempre te medi com a boca. Te beijei, mordi seus lábios, o bico de cada seio, colei corpos parecidos, cada parte sua grudei em mim. Senti seu peito no meu, sua coxa na minha, seus lábios a enganar meu pescoço. Então você nos virou imitando violência e me largou espatifada, alagada em algum copo entornado. Vi meu cabelo se confundindo com os cheiros do chão, molhados, você agarrou cachos em zelo ou erotismo, forte, doeu. Não queria nada mais que me entender com a dor. Você me beijou com um olhar tão intenso, imaginei toscos todos os outros momentos, me enchi de inteirezas, calei mundo, muda.

Você deslizou suave, sua boca me comia suave, não sabia o que fazer com meus braços, não sabia conter meu corpo. Meu peito fugindo, esticado, a cabeça desligada, brigava com o chão, não se entendia com o prazer. Então você abriu minhas pernas, ao mesmo tempo suas mãos apareceram em minha bunda. Você me descobriu molhada, me beijou prazeres, todos, te conheci inteira, não toda, mas inteira. Sua língua sem tamanho percorreu meu corpo por dentro, me lambeu, lambeu todos os sentidos, ouvi o tesão, me sussurrou seu nome excitado, tesão, e você se deixou para mim, gozei em imagens que descuidei e fugiram, foram e me deixaram a textura dos lábios, arrepiada, volta. Uma almofada apareceu, senti seu rosto passeando minha virilha, segurei seu braço, a almofada, me estiquei retesada, gritei muda, gritei a noite. Você me chupou, sua língua de volta me contou em milímetros, me envolveu a sensação da desavença de todos os prazeres, até se tornarem um só, um gozo intenso, contínuo, virei chão com o chão, virei todos os cheiros de sexo, abocanhei o espaço que passou por mim, mordi todos os tempos. Agarrei seu cabelo com força, a ver se me aguentava, se dividia com você o resumo de tudo que fomos. Durei minutos perdida, abatida, depois visitei meus silêncios.

40

1º de janeiro

Brigamos, nem sei por quê. Depois de anos resolvemos passar o ano na rua, ver todos. De fato, você resolveu, você gosta de festas, de gente, eu passeio por livros, delírios, te chateio, eu sei, mas você flutua acima do enjoo, eu nem me aguento, tantas vezes nem me aguento, e você sorri por nós. Isso te devo sempre, até sumir, te devo sorrisos, te devo empolgação com as festas, pequenas, são pequenas nossas festas, depois que te sigo desando impertinências e te agradeço comigo. Agora te conto e pelo menos um novo sorriso te arranco, talvez, ou raiva, espero que não.

Fomos fazer festa na Avenida Paulista. Andamos de lá para cá, pessoas de branco, alegres e de branco. Acho que já conversamos, críticas que sempre fomos, já nos indagamos sobre o intuito da cor, o significado da alegria cortada em anos. Se fomos aprendendo a contar o tempo, estações, luas, dias, minutos, nada, você prendeu a beleza, estava tão bonita, te falei mais de uma vez, se me lembro.

Procuramos algum lugar para beber, comer. Descemos pela Rua Augusta e o que encontramos aberto foram puteiros, você quis entrar, te alegram todas as festas. Não entramos, talvez o porteiro não tivesse nos achado putas, como se putas fossem objetos perdidos e achados. Fomos até lá embaixo e percebemos o caminho de casa. Estávamos tontas de tão sóbrias, sobriedade enjoa, a volta ainda mais. Hoje nos queria bêbadas, gosto quando pulamos em garrafas e rolhas e nos inundamos de tesão.

Brigamos porque você queria o mar, queria entrar no mar.

— Para renovar as energias.

E você falava em energias como se energia se comprasse em supermercados, apanhasse nas praias, talvez uma que não servisse a ninguém, sobrasse ali e pegá-las fosse bom. E eu pregada em destinos aleatórios, pensando em trabalho, nem lembrei que seria bom ter encantos a esquecer, quando chegasse o momento teria algo a esquecer. Não, não se esquece o tédio, a monotonia. Não se esquecem futuros.

E fomos para casa andando, escondendo olhares, dizendo firulas. Hoje quis te chamar para a praia, consertar minha inércia, anotar nos pensamentos que existe festa nesta fresta de ver adiante, você sempre me mostra, eu sempre me envieso e vejo armadilhas, me cansa o saber de alegrias, nem acredito, nem quero, como se fosse grande o meu esforço, para quê? E o arrependimento não virou decisão, minguado. Deitei no sofá, driblei um livro, você apareceu gostosa e, como se o ano começasse com a vida, você se deitou comigo. Nada falamos. Pensei no ano partido, quando não te sentiria mais, calei a última ceia. Quero te ver em outros panos, cortinas escondendo os prazeres antigos, antiquados, enquanto isto você me lê, posso estar inexistida, posso estar delirando. De onde estiver, quero que você reconheça alguma beleza, que não fui só o tédio, a alegria em preguiça.

41

8 de janeiro

Não te vi na cama, podia ter dormido outra vez, mas não, não ouvi os barulhos que te mostrariam. Saí pela casa e te descobri na área de serviço. Tinha um sol, crescia atrás de um edifício em obras, te dava contorno, imaginei sua cara de acordar, me concentrei em suas mãos. Você aperfeiçoava suas plantas, nunca me lembro dos nomes. Naquela mesa improvisada, bem no canto e junto à janela, você tinha aquele vaso com tomatinhos pequenos, corados, você deixava todas as outras à volta, como planetas vigiando uma estrela vermelha. Alguns eram temperos. Você corria aquela pazinha por todos, molhava, arrancava um pedacinho seco, esses você jogava naquela caixa de coisas orgânicas, viveriam mais plantas, sem que eu nunca tivesse visto.

Você planta teorias, te disse enquanto fazia um café forte de acordar o resto do sono. Você planta ideias em círculos, de modo que elas voltam e voltam. Pensei em te falar, depois achei que, enquanto considerasse circulares as ideias, seria a memória intacta, repetida. E ruminei a dúvida até que te imaginei também em fuga, assim como eu, poderia você fugir, você em seus vícios, perdida em poucas plantas, ideias iguais, repetitivas. Senti pânico. A história invertida. Me vi atenta manuseando o bule, as xícaras, você distante plantada nas ideias. Não sei o que pensa, não sei decifrar sua distância, tento não te incomodar, disfarço os dias de normalidade como me aconselhou o médico, é, estive com seu médico. Muito não disse, de sua memória, sua disposição, sua explicação, quando volta. Você pode ser assim e pronto, foi o que entendi, alguém a atravessar as horas, longas, e eu deveria me preparar. Não sei se quero te esperar, não posso te soltar assim tão solta, você pode voar, você pode partir e estarei preparada para nada. Não tenho seu trato com o tempo, não vou com você ao desconhecido, vá sozinha, se quer mesmo ir, vá sozinha.

Senti pânico quando percebi meu desprezo em seu lugar. Será que você também me desprezou? Será que irá comigo? Fico sempre em dois tempos, sou seu presente do que escrevi em passado, te escrevo me lendo para inventar um futuro, onde eu exista. Declaro lembranças, me deixarão, já estão, então pulo para este presente inventado, te desenho generosa, sua ternura, se não sei se tive, depois de tudo, nem sei. Será que você me aturou? Será que estamos nos olhando suaves a lembrar tanta confusão superada? Estamos bebendo café, nossa mesa na cozinha, você pega um pedaço de pão, passa manteiga, faço um carinho em seu braço, nos olhamos meigas, nada aconteceu.

Não me despreze, nada aconteceu se ainda te amo. Quando um dia quase dormíamos, te disse, te encontrei enfim, você sorriu. Dormi leve, a busca terminada, eu e suas ideias, você dançando, te enfeitiça qualquer som e acho graça. Tudo ainda soa muito complexo, devo ter me entregado a exageros, nem acredito. Espero te encontrar antes, rasgar esse diário, então você nada terá lido e estaremos em alguma sacanagem gostosa, em um fim de domingo, quando o tédio invade, soubemos um dia espancá-lo.

42

16 de janeiro

Fomos passear na Paulista, você nunca gostou de cidade grande, me lembro de você desembrulhando desculpas quando afinal escondi meus receios e te chamei para ficar comigo, em São Paulo, comigo. Foi duro, a indecisão demorou a mudar de lado, rondou alegrias e monotonias, devo ter te falado, não lembro. Você trouxe pouco, nem precisava, me trouxe de mim. Fomos à casa antiga, nem o carro enchi e você já morava comigo. Tateou a casa, tivemos diferenças nos ofícios do lar, você tratando trabalhos, reclamando exigente, exigente demais. Nas suas doçuras o mundo te devia um conserto e você fazia sua parte, coerente.

Você dizia que a Paulista era som, você me disse outra vez.

— A Paulista é som, depois descobrem-se as imagens.

Criam-se os focos de luz, como se, com atenção, conseguíssemos ligar os sentidos dispersos e criássemos círculos iluminados, onde cada vida, viva, chegasse cheia de imagens, compondo com os sons. Era assim que você explicava e eu fingia entendimento.

Se me levantar outra vez e meus olhos souberem achar as distâncias, voltarei lá. Não te reconhecerei, provavelmente nada lembrarei que não sejam os sentidos ficantes, talvez iluminados por aquelas imagens sonoras. De hoje não pressinto mais que a ausência, sempre me seguiu, talvez a consciência antiga, coincidência impregnada em cheiros, meus últimos refúgios de memória. Queria me levantar.

Se for você a se abaixar, eu deitada, talvez me acabe em cama metálica, cheia de manivelas, entre cobertores, se for você, beije minha testa em despedida, tantas vezes, não se importe, aqui de meus pensamentos suporei que será sempre a última.

Quando nos separa um tempo certo as minúcias crescem, tomam formas gigantes e incomodam os olhos, viajamos ao passado sem futuro, o presente curto, a sensação última. Te vi alegre andando a meu lado, distraída, atraída por interesses divertidos, queria também me divertir, ouvir músicas embaralhadas, ver, ver tudo e separar as emoções, entregá-las a cada cenário, tomar de volta. Não sei se esquecimento tem ordem, mas queria te esquecer por último, tivesse seu nome meu último pedaço de tempo. Quando tudo se fosse, eu poderia rever pelos seus olhos, eu olharia bem fundo e veria suas alegrias. Já me surpreendi em vadiações, sonhos talvez, querendo, eu mesma, virar apenas suas alegrias.

Hoje feiramos antiguidades, você se encantou com uma máquina de escrever, uma Remington da década de 1950. Saboreei seus lábios, você tem esta mania de apertar os lábios quando se interessa, como se encomendassem força aos dedos para manipular o objeto, pode ser que você roube seriedades e empreste às suas mãos, há seus olhos e pode ser que você guarde os mistérios, nem sabe contar. Eu quis que você comprasse aquela máquina, poderia te escrever dela, fecharia também meus lábios, qualquer lágrima rolaria pelas teclas, a folha manchada te daria a expressão do sentido. Depois você passou a mão por ela, cuidadosa, como se pudesse acariciar algum desejo. Eu namorei canetas antigas, que interesse teriam antiguidades desde que começo a espantar meus presentes. Mas naquele dia lindo eu poderia escrever outro diário para você, te contando a alegria, escreveria seu nome aquela caneta que nem comprei.

Fomos para casa, sempre tenho meus caminhos preferidos, você acha graça como foi hoje.

— Tantos caminhos novos para conhecer e você faz sempre o mesmo.

Você tem razão, de alguma forma fui diminuindo meu mundo, foi a contragosto, alguma mania pegajosa. Mas hoje, agora é bom que você saiba, hoje só me lembrei desse.

43

Fevereiro

Acordei com poucos olhos, te busquei com pernas demoradas, remexi travesseiros, os seus, enrolei um lençol solto, me contou a cama já vazia. Pensei na dor do prazer, é vazia, como meu sonho antes de me deixar enrolando dúvidas, dúvidas e lençóis era o que eu tinha, poucos olhos. Minha memória se esvazia, foge de mim apressada e passeia caminhos longos, talvez você a tenha roubado, ou foi ela que, sem me querer titubeante, preferiu seu colo. Eu também prefiro, prefiro e me deito, você ainda me entope de carinhos, não sei onde encontra. Seu carinho rege meu único sentido, sentindo que se esvai em atropelos.

Ainda estava na cama, não te chamei, tentei me levantar e o colchão me puxou, me afoguei em um riacho raso, não tenho pernas, não tenho corpo, apenas minha respiração, meu fôlego minguado. Te vejo criança, nem pergunto, você tem a face ardente de felicidade. São pequenos todos os dias, não nos cabiam, talvez por isso tenha inventado outros mundos, para ter onde guardar sua felicidade. Passei rápido por nossa despedida antiga, me senti murcha, de você não me lembro, se levou seus agrados, se levou posso ter ido, não sei, talvez misturada aos brinquedos, diluída em algum nome de boneca, desgrenhada, camuflada, jogada em algum canto onde não chegou a poesia.

Lembro-me de nosso reencontro, um rio bravo, senti a enxurrada de sensações me contornando, me entupindo, me levando e tudo outra vez. Perdi dias me indagando, consultei todos os dias outra vez, e a resposta ouvida, como um barulho atrás da porta fechada, um sussurro abafado. Eu abri a porta. Resvalei sentidos em retirada, deixei caminho ao abandono, apartei o amor que um dia confundi, sobrou você. Agora me lê, não sei se atrasada, te digo em voz alta, você semeou, e eu, eu que sempre cultivei prazeres entupidos, aprendi o caminho por onde chega, por onde vai e volta a vida. Depois você desembrulhou explicações, me mostrou a simplicidade da trilha. Fomos juntas. Hoje a aflição me enrola.

Naquele dia, você sabe, meu vazio se encheu da dor, uma que talvez eu tenha escondido, talvez tenha pulado esse dia, posso ter tapado meus ouvidos, se deixei tanto espaço sem nome, vagas recordações, quando me estapeou a cena morri, tantas aflições me atravessaram, tantas garras me abafaram, senti minha anulação, torpe, como estou até hoje.

Já não sei o que te escrever. Queria te contar alegrias, mesmo efêmeras, para saber de alguma, ter recordações para esquecer. Te mostrar que notei seus detalhes, guardei seus recados, anotações, bilhetes coloridos espalhados, às vezes o olhar orvalhado quando descobria enfiados em minha bolsa. Quis te escrever meu caminho porque achei que assim me contaria, te explicaria, jogando pistas para você distinguir a trilha de volta e me trazer.

Procuro nem reler, firmei comigo o contrato de nada rasgar, mas me perco, me perco muito, a sequência. Não consigo seguir o enredo, não tenho uma linha sequer a me guiar. Vejo sua imagem diminuindo, sua voz não me ama, quando finalmente saio da cama corro pela beirada do riacho e te alcanço, agarro seu ombro, te viro e não te conheço, mas converso com você, a ver se me ama, se sua voz me reconhece e me grita.

As datas se foram, o relógio da parede marca a mesma hora e mesmo assim o consulto, para saber a mesma hora. Sou a repetição do tempo, o aperto do espaço, na parede.

Não estou bem hoje. Quando você estiver lendo talvez se lembre desse dia. Foi aquele, quando você chegou cedo em casa, nem sei onde você estava, você chegou alegre e me surpreendeu ruminando tristezas. Eu ainda sentada, vermelha do sangue que foge disfarçado. Você se ajoelhou a meu lado, passou a mão pelo meu cabelo, em carinho, em carinho. Nenhuma palavra ouvi, nada você perguntou. Sentou-se no sofá, levou junto minha cabeça que você acomodou em seu colo, não sei onde deixei meu corpo.

44

Março

Ando muito pelas ruas do bairro, frequentemente tenho passeado sem rumo, sem contar meus passos, os do relógio, nem uso mais. Antes levava o celular porque você pedia, depois pensei não adiantar muito, se chegar o dia de não saber voltar, não saberei também para quem ligar. Vou a esmo. Se um dia me ultrapassar a desmemória, alguém há de me reconhecer, sempre há, ando muito, sem saber se repito trajetos.

Nunca tive coragem para te contar que ando para te encontrar no futuro. Guardo para mim o medo maior, o medo de você não me esperar. Guardo em mim o egoísmo maior, o de não voltar, tento me desculpar, sinto seu zelo, não sei se se confunde com o perdão, nem espero. Se um dia voltar e não for você a me buscar, se um dia me libertar sozinha, refletida, tomada de uma lucidez qualquer que te reconheça, vou direto ao apartamento, se puder te levo um croissant, me levo embrulhada, talvez em vergonhas minhas, talvez na altivez de outros modos. Mas tenho medo, você sabe? Tenho medo de te ver em outras distrações, de ver sua cara de espanto, a cara que a desesperança te forjou, de te ver embrulhada de outros carinhos. Tenho medo de você ter se mudado, um bilhete curto na portaria.

— Te esperei o que permitiu a felicidade, escondi em tristezas durante todo este tempo.

Nem sei quanto tempo, anos, meses, dias, horas. Quando me toma este pavor é que te gravo no futuro, então passeio.

Em cada detalhe te guardo, ou apenas eles te guardam e nunca te contarão a mim. Quero te armazenar espalhada, saber que, se nosso dia não estiver marcado em folhinha alguma, eu poderei te reconstruir dos pedaços de cada lembrança, mesmo se interditada ao pensamento, mesmo assim ela haverá de conversar com meus esquecimentos.

Meus olhos andam à frente, vão em conluio com emoções, então te noto invisível, enternecida em detalhes, paro. Fico inerte a me recontar momentos. Os momentos são sempre parados quando rondo obsoleta, existem em sua época própria, época que não é a nossa, empatamos apenas uma vez, no acontecido, depois tomamos rumos diversos e, quando nos reencontramos, o tempo não existe mais, disfarçado de infinito.

Passo pelo meu refúgio, pelo lugar que escolhi a me recontar, reencontrar meus desconhecimentos. Procuro decorar esse caminho, para o caso de ter que ir ou voltar sozinha, fica perto de casa, quase na esquina de cima, depois da loja de bolos caseiros, isso já escrevi. Passo também para que não se esqueçam de mim, há sempre hóspedes e enfermeiras rondando pelo jardim da frente. Existem duas cercas, uma os cerca para dentro, outra nos cerca para fora, de modo que há um espaço de ninguém, penso naquela parte como um purgatório ou o último momento antes de desistir. Ali você não mora. Moram minhas dúvidas, meus receios, mora angústia de não me lembrar de você.

Há no caminho, se vou rua acima, uma árvore bem no meio do passeio, sempre que passamos nos desdamos as mãos para irmos em nossa fila de dois, você repara nas orquídeas implantadas no tronco, você levanta a mão como se fosse acariciar as pétalas, é apenas um gesto, você acaricia o ar, mas elas sabem, eu sei. Você só saberá agora que te conto de longe, eu mesma não sabia até escrever, mas sua mão faz uma coreografia suave, generosa, como se fosse o toque mágico, um dia lhe deu vida, como se você tivesse o condão de acordar as flores, com um aceno, um sopro de mãos.

Tomei o caminho do parque, é perto, a distância pequena abusa de você, te aprisiona em todos os comentários, você sempre faz quando passamos ali, hoje não foi diferente, você pousou em mim a cada passo. Na esquina, quando tenho que me decidir se te encontro lá dentro ou se arrisco rumos a te inventar, te vejo sempre com os ares de me inquirir, de me querer mais diversa, você me acha monótona, insistente, eu também acho, me repito muito, tento mudar a sequência, mas volto. Repito a mesma mudança.

Outro dia te vi, estava longe, ou minha imaginação muito perto, te vi andando, você anda ligeira, sempre a me puxar, te segui. Passos rápidos não te perderiam, mas notei que podia te ver de frente na perseguição, e andávamos no mesmo sentido, você em dianteira, eu vendo seu rosto sério, pensativa, talvez contando seus passos, se distraindo da chuva de ideias. Então te vi parando, você olhou para frente e me encarou, para trás e me achou. Me enchi de alegria por você me encontrar tanto, um ônibus parou com seu aceno, as mãos de acariciar as flores, você acariciou um adeus, acho que eu também.

45

Abril

Naquela janela enviesada à rua, recortada ao lado do prédio, na nossa sala. Não sei se você já notou, mas tenho insônia, quase todas as noites. Sei que despertei e que ainda durmo. É ali que fico. A janela é grande, cobre toda a parede lateral, não sei se ainda existe a janela, o sofá a impede, gosto de pensar que fui sua única mudança, se for assim, você terá objetos a te recordar. Não sabendo se estarei com você, espero te ver da rua, descendo. Prefiro não dormir, tenho angústias, sabe?

Não sei quanto tempo me consome a madrugada, os carros não deixam de passar, parece um rio de carros, faróis acessos, rio de luzes. Conto, penso em quem anda por aquela hora, me confundo com eles. Não sei se você acorda e me deixa, se finge que não vê, se já se cansou. Você também trabalha cedo. Não lembro se ainda trabalho. A noite me deixa mais calma quando me pega acordada, minha solidão foge de mim e me tranquiliza. Se durmo, ela me inferniza, quer me contar coisas e não entendo, me agita tentando me acordar, a solidão, solidão manipula sonhos quando não sai. Quando saio do quarto sempre te deixo com um carinho leve no ombro, querendo dizer que já volto, da porta te vejo, ontem você quase acordou, falou algum pedaço de sonho, esperei.

Você dialoga com os sonhos, já te contei, sentada você fala. Demoro um pouco para descobrir se você está acordada para fora ou para dentro, mesmo agora que eu mesma converso comigo, quase apenas comigo. Agora não lembro, mas preciso tentar te contar em seus sonhos, para você saber que te escuto, que sonha. Fico pensando por onde você anda nestes delírios suaves, se me leva com você, se me encontra, se são minhas as vozes que entendo, ou se você se esconde em outros mundos, só existem nos sonos. Vejo meu futuro nesses sonhos, só meus, que eu fale para que ninguém entenda, nem meus ouvidos me ouçam com a linguagem que conheço. Dorme você e volta para mim toda manhã, cara amassada, linda sempre, eu é que poderei não voltar.

Ainda me sinto estranha, mesmo quando estou acordada de mim, quando estou acessível, é você, me conta depois, mesmo nesses momentos me sinto estranha. Às vezes não sei se estou dialogando com outros ou comigo mesma, vejo bocas se mexendo e não sei se as escuto, se são mesmas as palavras saídas. Vão todos com caras alegres, não sei se esmagados em preocupações e pena, ou se, eu sim, fui ainda amável. Você sempre me abraça, se me recordo bem nessa noite passada foi assim. Me recordo bem, embora esteja aqui vendo os carros, nem sei se você sonhou. Sabe, você é sempre meu sonho.

Amanhece ainda noite. Carrego uma mistura de medo e alvoroço quando de vez pular essa cerca, do outro lado serão muitos lados, eu sem volta, sem escolha. Não saberei o que acharão de mim, o que você encontrará em mim, se meus restos te interessarão, se serei algum resto, disso tenho medo.

Tenho medo do escuro do tempo, do caminho que perderei, como se a cada passo me fossem devolvidas as pegadas, se a cada pegada devolvida fosse me dada outra escolha, simultânea, como se a cada pegada desaparecida fosse recontada uma história. Então pressinto que nem o adiante tenho, a reminiscência do antigo me penetra múltipla e terei um presente tão pequeno, imediato, não saberei me lembrar do depois, viverei a faísca do tempo, me afundarei na ansiedade de contar minha história em um segundo, de me queixar nesse mesmo segundo e nele mesmo me deixar. Viverei passados chegando, serei um ponto agarrado no espaço infinito, morto no futuro espalhado, um retrato parado, um inseto minúsculo.

46

23 de abril de 2010

Você marcou o dia 23 de abril, não era minha aquela marca, eu risco os dias com cruzes, você com círculos. Eu acabo com eles e você parece demarcar um momento, depois colorirá de coisas que foram, não marca nada, mas deseja que exista no dia uma chance de cores.

Não devo trabalhar mais, lembro os rostos, mas devem ser visitas. Se não reconheço o tempo, até pessoas me olham com ar de surpresa, devo errar nomes, devo misturar lugares, se misturo momentos. Hoje foi um dia lindo, noite de reminiscências doces. Espero que, quando você estiver lendo, lembre com a mesma emoção, espero ter mesmo lembrado.

Mais de um ano nosso gosto à distância. Sempre tivemos este carinho meio fogoso uma com a outra, se me pego em recordos, desde criança. Desconhecíamos desejos, em mim parecia como se você me enchesse, como se você fosse meu saco de balas sempre cheio e eu pudesse me lambuzar de você, e era bom. Mas um dia me vi só. Aqui e só. Perdi algumas partes, te perdi em partes. Você não foi, não pode ter ido, se brincamos, se jogamos queimada, se nossas mãos se misturavam em tantos dedos, tantos passeios, se nos beijamos tímidas, inventadas em brincos, se nos surpreendemos. Você foi apenas nos buscar onde te perdi. Hoje não me virei para te ver deitada, gosto de ver sua calcinha torta.

Minha presença foi perdendo o peso, até flutuar. Vejo-a em balões, balões-lembranças, passeio livre pelas escolhas recusadas, me levam múltipla, vejo cenas coloridas, circulam insistentes, despedem-se, despem-se explosivas. Sou eu em pedaços, espalhada no tempo-balão. Aos poucos os balões vão desaparecendo, uns caem mudos, outros perdem o nó de segurar e viram foguetes tontos, ainda outros flanam tímidos, afastam-se como se não fosse sua aquela festa de cores. E os balões me cabem, quando sou criança ele é pequeno, quando brinco fica grande para todos. E vejo um insistindo longe, sem partir, sem chegar, é vermelho, me chama atenção, desinteressado, enquanto brinco dentro das lembranças infinitas, antes de sumirem por falta de oxigênio, por falta de mim que não sei entrar.

Logo vejo apenas o balão vermelho, desce gracioso, graça de balão, manuseada por brisas e sopros. Fica à minha frente como se esperasse. Não sei de que lado da janela estou quando ele explode, espalha confetes coloridos, corro para a vassoura, detesto lixo espalhado. Quando ajuntava aqueles papeizinhos circulares me lembrei de você.

— Deixa que catamos isto depois, vem se divertir comigo.

No dia 23 um balão te trouxe. Você estava tão alegre, imaginei um pedaço do tempo apagado, minha voz rude ficou presa na garganta até virar cochichos, cochichos vestidos de cheiros, de beijos. Ficamos na sala de confetes, te falei pequenas emoções, cresciam antes de chegar a seus ouvidos, antes de acariciar seu coração, você transformou palavras em carinhos, em sexo e eu entendi. Entrei em seu balão vermelho e explodi com você.

Acordei lerda, gostoso. Como estava virada para a parede, fiquei. Cega, imóvel, para que nenhum incômodo te acordasse a me contar sua partida. Assim fiquei sem contar tempo, aflita. Tive a sensação, trôpega ainda, de que poderia ter, prematuramente, conseguido meu intento, ignorar todas as pontes que nos ligam falsas, domesticadas, e então te amar como um balão. Também senti que te queria a meu lado, fodam-se as pontes, você na cama, sua bunda na calcinha torta, minha mão, você amassada, seus cachos feitos em sonhos.

— Vem tomar café.

47

Começo a conhecer meu alheamento, o que não está em mim e sou eu, o excesso sem mim. Me invadem outras memórias, não existiram e mesmo assim se parecem comigo. Me encaro, eu face a face comigo e não me reconheço, sou muito mais que eu, não sou nada de mim. Já pensei todos os pensamentos que existem e ainda assim não me explico, são incompletos, preciso encontrar minha inconsistência. Não tenho um verbo sequer a me concluir, não sou, não existo, não sei.

Agora começo a ter medo, me dá sua mão, agora oscilo entre um e outro lado, preciso decidir. E se já fui e ainda não sei? E se não soube decidir? Passada pelo tempo perdi o prazo, perdi meu plano, minha única consciência. O que você terá feito comigo? Você me deixou. Preciso decorar seu sorriso. Ainda choro muito. Vou ler, me distrair fingindo diminuir aquela pilha, compro mais que leio, você tem razão, talvez queira acumular conhecimentos que nunca terei.

Penso como se você fosse morrer ao contrário, serei eu, ou já sou eu morta de você. Então sinto muita saudade. Vejo um objeto seu, me invade uma cena, te vejo em suas manias, seus modos de passar o tempo, vejo o tempo, como passava com você, tenho vontade de conversar, uma preocupação, uma euforia, você ouviria com os olhos mansos e brilhantes. Mas eu já fui. Meu já fui que te vê, meu já fui que te quer e te ignora. Minha decisão esdrúxula de faltar, mas disso também já te contei. Talvez mudem meus olhares de mim mesma, posso me reparar, querer você desesperadamente, como quero, te quero.

Você sempre quis um sorriso para incomodar o seu, lembro ainda quando fomos morar juntas. Você sussurrou antes de entrarmos em casa.

— Me importa seu sorriso, em qualquer momento será sua a alegria a me festejar, não sou dona de seus desejos, posso ser a ausência onde eles pousarão, só isso posso.

No agora que me lê não sei se te desejo, te desejo agora, mas não sei você como conheci, me conheci em você. Ainda te encontro em datas, ainda mantenho rotina a despeito dos lapsos. Quando me tomam ilusões, nem sei aonde vou, nem sei de onde me buscam, alguém me sacode, finjo inteligências.

— Sei, sei, continue, por favor.

Não sei por quanto tempo conseguirei manter minha origem, essa que recuso. Em algum momento minhas frases te parecerão apenas caducas, derraparei em verdades, confusa, posso nem me notar, mas você conhecerá meu desprezo pelas escolhas. Não serão. Você poderá notar o desdenho com as datas, já me desentendo com a folhinha, pregada na porta me anuncia dias errados, rabisco torto, às vezes torta, nem noto o desleixo, quando me retoma a lucidez desses dias me vejo em confusões descrentes. Hoje me entristeço quando te vejo compreensiva, muda do presente, como se os fatos tivessem em você o mesmo resumo, apenas escolhemos caminhos diversos.

Nesse dia, quando me perder todos os dias, tentarei manter pelo menos a sequência da verdade a rondar meus entendimentos. Não sei como você lidará com a desordem, te escreverei sem sequência, já me sinto perdendo sequências. Veja, não sei quem sou hoje, nem sei quem você conhece, espero apenas que esteja comigo, destempero egoísta de quem foge à procura de outras perguntas e nem quer ouvir respostas óbvias. Poderiam ser, nem perguntei.

Você sabe, outro dia fui almoçar naquele restaurante do beco, aonde sempre vamos, devo ter fugido segundos, porque ouvi alguém comentar do espírito molestado, como me olhava, lamentei o incidente, desconheci, me levantei, dona de todas as vergonhas, paguei a conta a uma moça assustada fingindo gentilezas. Não devo voltar lá sem você. Ao mesmo tempo me indago a quem pertence o fardo de definir os limites entre a razão insistente e o desatino que nos habita. Já li sobre os doidos de becos, um livro, nem lembro, não deve ser nada.

Ainda te reconheço em ternura, queria sempre você. Muita vez, em crime com meus propósitos, me invade a sombra do perdão, é quando me abraça a paixão, minha, sua, tenta me confundir, me contar da imaginação tramando delírios, desata meu barbante de te puxar, de te enrolar em mim, de matar minha ganância, tirar meu dedo desse gatilho, não volta. Te confesso, me irritam versões, passeio por todas e me agarro obsessiva à trama original, te pergunto calada se vem comigo, desculpa para afastar arrependimentos, vou só, se te vir de novo, enquanto me lê, foi à mercê de outro destino.

Ainda me preocupo com você, se virá até o fim, onde será nosso fim. Repito as vontades do tratado e te quero longe, quando me apagar, te quero longe, estas páginas em um lixo, em uma pilha vagabunda que ninguém lerá, não leia você. Repito as tramas daquele pequeno foco de claridade com imagens sonoras, ainda pequeno, mas vejo sombras, então te quero, se te pouparem os ressentimentos, me espere, espere alguém que não conheço. Foge.

48

Existiu uma jabuticabeira, em algum momento fugido, mas me lembro dela cheia, eram duas, uma cheia de bolotas, a outra cheia de miudeza, uma era cheia de sombra e o chão da sombra de cascas e jabuticabas caídas. Chupávamos primeiro as mais baixas, os braços esticados, as grandonas estalavam na boca antes de contar o gosto, você sempre preferiu o estalo ao gosto.

No meio das jabuticabas vi uma criança, se ocupava mais dos galhos, de desviar das bolotas do que de comê-las, isso só fazíamos nós. Ela se rodeava da gente e nós dela, e nos enchia uma felicidade jabuticaba, porque nos estalava e era gostoso. Te olhava e via seus olhos bolotas de tanta alegria.

Olhávamos a árvore pequena, nunca fizemos troça da vazieza dela e nunca comentamos, mas tenho certeza que pensávamos na criança, cresceria com a árvore, até ela ficar cheia também, seria quando, já grande, gostasse de estalar jabuticabas.

49

Noite

Você acordou e eu saía da cama. Sentada, falou alguma coisa, confundi seus sonhos. Fui para a janela torta, vi o lá fora cheio de brilhos. Achei que era rua o que é o rio. O rio passa na minha janela e é largo, tomara que ali tenha uma ponte, devo ir ao outro lado, não agora, é noite. À noite o rio é dos peixes luminosos. Eles nadam em uma só direção, vão à procura de comida, ou fogem do mesmo medo. Nunca entendi por que nadam para o mesmo lugar. Ali vai um peixe pequeno, nada rápido, lépido, passa por um, por outro, entorta, desentorta as rotas imaginárias, deve ter traçado na saída, nem sei de onde saíram, mas perguntarei, quando amanhecer e eu for à padaria, pergunto, mas antes terei de achar a ponte, as pontes sempre nos ligam, não sabem aonde vamos, mas nos levam mesmo assim. São bravas as pontes, se nos agarram não soltam mais.

Quando você saiu, não me preocupei com o rio, as pontes e os peixes. Nem te contei para não te amedrontar, você não é muito fã das águas correntes, peixes com olhões de luzes te assustariam. Sorri sozinha com meu segredo. Você vai sair e voltar e nem notará as mudanças, continuará vendo pessoas e carros. Deixa você, às vezes a ignorância é gostosa.

Eu sim me preocupei, na saída fiquei muito agitada. Saí do prédio, o rio havia preservado o passeio, então pude ver a beleza das águas, bem na minha margem vi que provocava pequenas cascatas e redemoinhos, de acordo com o pedido das pedras. Os peixes, não vi. Durante o dia eles apagam as luzes e nadam mais fundo, ou dormem, acho que dormem. Fiquei alguns minutos flertando as belezas, na beirada as flores, iguais as que você planta, não vi tomates, mas vi uma flor vermelha, nascia do rio, poderia ser um tomate se não mudasse de cor, tomates também mudam de cor. Então achei duas pontes, uma ficava bem perto da flor vermelha, mais abaixo no rio. Essa poderia me ligar à padaria. A outra ficava mais acima, por ela poderia ir ver o Getúlio, o Getúlio Vargas, dono da papelaria, combinei com ele de arrumar estas folhas que te escrevo, de botar capa dura e até título. O Getúlio é um sujeito bacana, implicante, mas deve ter suas razões.

— Porcos comunistas – grita assim – Porcos comunistas.

Acho ruim quando você não está por perto, te perguntaria por que o Getúlio acha que os porcos são comunistas.

Fui à padaria pela ponte de baixo, tem lá uma moça com roupa de homem, ou um homem com roupa de mulher, então não sei como chamar. Já perguntei o nome, é claro, mas já esqueci também. Falo apenas – Oi. Sempre o mesmo pão com ovo e café. Você sempre me critica.

— Sempre pede a mesma coisa, sabe que existem opções?

Quando você não está comigo, sempre peço ovo, canoa na chapa e café.

Posso ir ao Getúlio pela mesma beirada da padaria. Ele não me chama de porco comunista, me trata cuidadoso, deve ser pai de alguém, com os demais não, seguem as implicâncias. Me lembro de um livro com porcos comunistas, o Getúlio deve ter lido. Eu tinha um livro de biografia quando o conheci, também era de um Getúlio, eles se detestavam, até se engalfinharam em épocas das antigas, de uma ditadura, nem sei de quando, talvez de quando eles eram mais vivos. Achei estranho que alguém pudesse ser mais vivo. Fiquei pensando se você morresse, tive medo de não saber de onde você me olharia, se existiria um buraco de onde você me veria mesmo que eu fosse desaparecendo, se me acharia um porco.

Disse a ele que estava quase no final do diário. Ele perguntou por você, se eu tinha ido sozinha.

— Não é bom você andar por aí sozinha.

Naturalmente se preocupava com o rio e as pontes, eu me afogando, tristeza de dar dó em peixe. Disse a ele que já, já traria as folhas todas secas. Ele sorriu, passou a mão áspera pela minha cara. Te mandou lembranças. Perguntei quais lembranças e ele disse.

— Apenas lembranças, ela saberá.

Então passei o resto do dia tentando me lembrar de te perguntar quais seriam essas lembranças, só vocês sabem.

50

É dia já, mas não sei de que noite. Minhas distâncias andam muito confusas, sei do sol e que pensei em deus. Já pequei, mas nunca conheci deus, até meu pai esqueci, então, para você deve parecer estranho. Para mim também foi inédito, um pensamento meio empoeirado, não sei se de velho, ali guardado desmerecido de importância, ou de novo mesmo, e veio assim meio sujo por descrença e tal, trouxe até uma voz.

Foi em casa, não te vi por perto, não sei se tenho te visto, vejo seu carinho, isso vejo. Não sei se veio deus me contar, ou se mandou um emissário em forma de ideia. Me disse ele que um dia vai pousar aqui, vai me contar das coisas que descuidou de fazer, ou resolveu fazer de outro modo, sem que eu ouvisse explicação sobre a desescolha. Fiquei contente por ele se animar comigo, se não nos víamos desde o início dos tempos, quando esqueci meu pai. Lembro minha mãe me contando, devíamos cultivar sempre o perdão, que estava ele sempre nos admirando, ou éramos nós a admirá-lo, disso não levo certeza, ela, sim, gostava de agradecer, nunca me contou um bom motivo para tantos desembaraços e vênias. Ela tinha uma porta no armário, dava para o céu, eu não via, mas ela dali visitava deus.

Fiquei ainda mais contente por saber que ele se importa tanto comigo, vamos compartilhar explicações. Não tenho nada a explicar. Neste dia, quando ele descer do céu e vier me conhecer aqui mesmo, talvez eu pergunte dos outros lugares que ele mesmo escondeu da gente. Perguntarei por que foi embora e nos deixou com tanta raiva. Será que tem ele raiva de nós também? Ou desistiu e foi fazer os outros mundos? Outros consertados dos erros daqui, para cada erro outro mundo, e assim foi sem fim, com sua rapidez semanal, sem tempo, quando a resposta chegou foi outro a ouvir, por isso as verdades, ou mandamentos, vai saber. Sempre ouvi que devemos aprender com nossos erros, até com os alheios. Então penso, deve ter errado muito e nos amassou como se fôssemos argila, nos jogou fora, piores ainda, e foi embelezar outros lugares. Talvez ele até se desculpe pelo egoísmo e me leve a conhecê-los. Posso existir lá, na forma de uma mulher feliz, e pode você existir comigo, na forma de uma mulher que não me machuque. E lá as bocas se ocupem de sorrir e os olhos não tenham esses mares tristes e se ocupem de ver encantos, que, afinal, sejamos nós mesmos nossos encantos.

Passei muito tempo pensando nas coisas que perguntaria, até anotei uma lista enorme. Comecei do primeiro pensamento e fui até o último. Tentei empatar o meu primeiro com o pensamento inédito, se não é isso mesmo que venho tentando. Seria de boa ajuda se ele me contasse a origem, me contasse da ideia, se já nasceu errada ou foi algum desvio que ele tomou e não deu certo, e não teve coragem de voltar e tomar o outro, ou até preguiça mesmo. Pensei em deus como um encantador de serpentes. Ele e sua flauta, a música de acordar as cobras, o acorde de fazê-las cuspir seu veneno, o de dormir outra vez e tanto. Ele inventou o vento para sempre soprar a flauta.

Nem sei por que te conto isso. Ele mesmo furou comigo e não veio, não teve com quem deixar outros mundos, mas nem nenhum representante mandou, um raciocínio limpinho, um livro jogado do céu, um carinho. Queria mesmo era um carinho.

Vou dormir pensando em deus, pode ele estar me esperando em algum sonho, pode o lugar dele ser apenas no sono, nunca sonhei com deus, mas também nunca quis, ou nunca lembrei. Espero que ele apareça e me ajude tanto que eu possa agradecê-lo como fazia minha mãe. Ela morreu de tanto agradecer, você sabe. Talvez eu morra de tanto não agradecer, pelos motivos que não tenho, mas, se um dia eu voltar e tiver esbarrado com ele, vou lá na porta do armário da minha mãe e agradeço, deve estar lá ainda, a porta.

51

Não sei o que te dizer, nem a mim sei. Tenho passeado em variações de lucidez, sem saber se são. Releio, muito não faz mais sentido, eu não me faço sentido, nem você faz, nem sei onde está, se quer mesmo saber. Te confundo com sonhos, te meto em alucinações, sei que te meto ali, porque algumas reconheço como miragens, mas não consigo fugir, comento com você, mas não escuto resposta, só te vejo sorrindo. Você sempre disse que sorri para mim.

Te escrevi sobre o medo uma vez, da última parte, quando não soubesse mais nada te dizer porque não conheceria seus ouvidos, nenhuma lembrança restasse, te olharia lerda, minha visão te atravessaria, não sei se já chegou a parte do medo, se você já não me vê. Espero ter, pelo menos, um traço de realidade, em meio a todo meu delírio, alguma sensação de que existiu, alguma prova de que me restam raciocínios, mesmo silenciosos. Enquanto escrevo, me perco, não sei se retrato alguma autenticidade, não sei se já fui, nem sei se ainda escrevo em papéis ou são minhas alucinações em caligrafia. De qualquer modo sigo a ignorância.

Posso ter cansado, ando esgotada mesmo. Levo os dias tentando reparar a rotina, para não errar, não me fugir de vez, ou para não me voltar de vez, nem a diferença me habita. Você não imagina meu esforço para despedir o despego e ficar, ficar para te contar o caminho, para ter certeza da ida sem volta, sem voltar a mesma, se voltar. Fico porque atrás das mágoas perambula o amor, sem me empenhar, sem olhar para antes e pensar compensações, me patrulha seu amor.

Não sei se percorro caminhos tortos e às vezes cruzo com as lógicas costumeiras, se visto as fantasias daqui sem escolher minha roupa, como se aparecessem no sofá toda manhã, talvez seja você a escolher, mas você nunca escolheu. Preciso escolher meu momento, minha decisão no escuro, tomarei a decisão no meu escuro, temo ter passado do ponto e, agora que me lê, faltem páginas, sejam brancas, vazio meu diário. As letras só eu vejo, não estão gravadas na matéria, apenas minhas urgências covardes, nem apareceram. Que seja.

Decido esgotada, não aguento mais e me entrego à ignorância. Te sinto no vento da janela torcida, ele me conta as vozes que não escuto, sopra minhas imaginações. Me vejo em uma floresta longa, transparente, vou entre as árvores, vigiada por meu olhar vago em desvios, condenada pelos atalhos, detrás surgem mãos, aqui e ali, seguro minhas mãos, estou em uma clareira, olho em volta e não percebo a floresta, quase esqueço e te vejo a me chamar, mas não tenho nome.

Sento no sofá, tantas vezes chorei, nem sei onde estão tantas lágrimas, o tapete. Você deve estar me vendo agora, espero que esteja, devo estar repetindo minha tristeza. A caixa com minhas folhas, essas que você agora lê, ou folheia, fica bem na frente, tenho várias caixas, uso como mesinha, em uma delas me guardo nas folhas, me desorganizo a seus olhos, mas conto com sua compreensão, com a gentileza de suas mãos paginando. Amontoei uma pilha desmazelada, não sei quantas vezes li, segui meu contrato, com você, com a história que tentei te contar, essa que você pode agora entender, mesmo sem explicar.

Tenho um envelope grande, nem sei meu tamanho, talvez devesse ter um caixão. Já consegui me colocar no caixão. Vou levar ao Getúlio para que se faça o livro, já combinamos, ele não se surpreenderá com meu esquecimento, talvez até te conte esta parte, esta que já não escreverei, o diário apagado, folhas vazias, não me escrevi.

Desculpe, já me perco em minha neblina, meu olhar está bambo, uma fumaça cinza reclama lerda o nome do meu arrependimento, queria você, sem cinzas, sem nome. Uma dor lentíssima, sinto pendurada em meu coração.

Não sei como me despedir, guardei meu tempo no tempo e já tenho um pouco de medo.

52

Novembro de 2009

Esta parte escrevi no começo, resolvi ser meu prefácio em epílogo, que você pudesse comparar meus extremos, a saber se me guiou alguma linha, se acabei perdida, ou se acabei apenas. Também eu não sei além de amanhã, me amarro em decências com o ordinário, mas me desenho depravada demais para me conter, não conseguirei, mesmo o rascunho será rasgado pelo caminho. Então é que te peço para me delinear, me contar para você, basta você, comparar a expectativa com o excremento que poderei ser, agora já devo ser.

À parte meu desespero, a dor contínua, inquieta, disforme a ponto de não conseguir mais separá-la de mim, de não a ter em outro nome que não seja o meu mesmo, à parte você sabe dos planos. Se sempre fiz, agora não seria diferente, até escrevi para me abandonar a ansiedade. Você sempre achou graça nessa mania, meu bloquinho na cabeceira, os acordos manuscritos, você de olhos miúdos a me condenar – dorme. Você me chamava de obsessiva, não fugiriam os planos só por que os tinha rabiscados apenas, na memória, no ar que nos separa e um dia ouviu. Talvez para me cingir em mim, preencher o buraco que toma a angústia, talvez por isto tenha um plano, meu bloco, um diário.

Leio e me leio, para não aprender, são vozes a me esvaziar, trombam com todas as outras guardadas e nutrem meu silêncio diante do estranho, da distância. Me procuro em todos os poemas e me calo. Sufoca-me a densidade das fantasias que deixei pelo caminho, só por que não entendi. Grifo em livros o que nem reconheço, mas me anoto, tem minha caligrafia para você me conhecer.

Escuto os pardais, agitados, pela janela barulhenta de onde víamos, nos viam, todos em volta, escondidos em cortinas, em alçapões, domesticando paixões. Vão as histórias de todos, vão contadas na mesma roda, contínua, sequente, cansativa. Que cada um conte a sua. A minha te entrego, para saber se farei sentido, se me calarei diminuindo até gritar, se abafada chorar. Seja esta uma carta só sua, sejam suas as convicções e as dúvidas a construir minhas banalidades.

Meu desassossego inflou demais, criei uma cena imprecisa, flutua em meus olhos meio mortos, como um filme antigo, imagens variantes, quadriculadas. E, posto que não tenho, nasce bem longe um desejo, vago, à espera do primeiro plano, enquanto se aproxima lento, tenho vontade de compartilhar com você, enquanto me lembro, me esvazio. Resvala a dúvida de te encher de expectativas que nem tenho, nem sei o que será, se seremos.

Agora me sinto, em alguma interdição dessa angústia intensa, pesa muito a emoção de meus pensamentos, mesmo pequenos, picados. Sei que para nascer outra me destruirei, busco e desejo, a meus sentidos será o esquecimento, meu abandono, a sequela poderá ser meu resto, nem sei. Se ainda estiver, tentarei buscar entre as cinzas peças anônimas, poucas, desconectar em fim o quebra-cabeça que montei leviana, maltratada.

Quero então me inundar de pouquidade, quero desconhecer todos os conceitos, me afogar em um tempo de imperfeição vazia, cessar todos os desejos, chegar à beira da essência e descobrir nada, sentir o fundo do poço e vê-lo raso, quero me expirar até perceber a inexistência, minha inutilidade, ali me ausentarei abstrata.

Aos poucos poderei reconhecer a razão da volta, se assim for, como em um dia de feira, quero escolher outra vez minhas inteligências, plantas imprecisas, folhas flutuantes, frutos ambíguos e matos. Vou convidar meus afetos, apresentá-los sem nomes e fazer uma festa pequena, poderemos nos servir de sorrisos, nos trocar em carícias. Depois terei uma casa maior, um jardim cercado de pedras, uma horta misturada de cores, me apresentarei mais sentidos, espero crescer com eles, cheirá-los, me deliciar com o tecido de pétalas, gotas de espinho, flores de todas as belezas, frutos estalados, os tomates concêntricos. Na varanda dessa casa, rodeando a entrada, poderemos, a gosto só nosso, semear alguns vasos, separar alguns matos e dispensar nomes.

Uma escadaria torneará esse jardim chamuscada de musgos, parecerá antiga, subirei por ela com a lembrança imaginária das brincadeiras de inventar as ideias do mundo, nossas faces alegres, agora me pedem uma lágrima, mas se não for seu o sorriso a me responder naquele dia, apertarei meus lábios, ausentarei meus olhos, para não ver seus pedaços, para não dizer o seu nome.

(Na despedida lembrou-me o Getúlio do título, falei que não tinha um nome para essas coisas, ele então gravou um na capa, foi ele, depois o seu nome. Na primeira página me pediu uma dedicatória a apresentar meus afetos, não falou de afetos, falou de você que já foge.

Te dedico a tristeza de amar, o vazio da dor, a dor de me escrever.)

(assino)

Então uma chuva começou fina, como se o mundo começasse a se lavar, a depurar seus disfarces, me convidar. Logo os pingos se pareciam com balões. O rio encheu, encheu, até tentar transbordar em mim. Fiquei minutos perdidos na porta. Olhei o rabisco de água, mutante, logo já eram uma cortina colorida, os balões. Pretendi sair e voltei, brinquei de esconder, me amassou a água, amansou. Escorreguei rápida no passeio, as pedras rolantes, o cardume suave, mais lento, corri.

— Cuidado para não se molhar.

Escondi o livro na barriga, protegido, me apressei pela ponte de cima, atravessei a correnteza de peixes e barcos, nem vi o moinho. Tive tempo de olhar rio abaixo, admirei meus lugares afundando, nítidos, calmos, percebi um aceno, minha mão desenhou o ar molhado, sorri.

Quis te encontrar, suas feições diluindo, te procurei em meus retratos, molhados. Do outro lado mirei o portão do prédio, driblei troncos e flores, na margem um desenho, um espinho manchou minha mão, estava cansada, a tinta para te gravar, te repetir em imagens e te guardar no ar. O portão se abriu automático, os balões são coloridos nesta época do ano, chove colorido, senti nada além de cores listadas quando caí no elevador. Entrei por uma porta sem bater, nem abri. As roupas molhadas, comigo molhada, a janela escancarada, plantas desanimadas, reconheci o cheiro, me despi rápida e com frio, me enrolei em toalhas, em mim, o relógio branco, um cata-vento caindo da parede, rodando em branco, as paredes coloridas, coloridas e brancas, rabiscos longos, o teto queria cair quando um sofá me amparou, encolhi, um suor de faca ardeu meu corpo, amassei olhos encardidos, os fios salgados da chuva, apertei meus lábios e notei que trazia um livro, na capa preta em dourado, As coisas sem nome, e logo abaixo outro.

AGRADECIMENTOS

(em alguma ordem)

Minha mãe leu o primeiro delírio, de onde vem tanta tristeza, ela sempre perguntou. A vida se encarregou que ela me contasse os dela, escreveu, me ajudou enquanto pôde, mais essa vez. Fiquei em dúvida se dedicava ou agradecia, sempre dedicarei a ela.

Olga leu do início ao fim, do fim ao começo, comentou psicanalítica, elegante, releu. Muito amor e carinho nessa trama.

Maria Cecília se emocionou e não leu mais, se confundiu com o texto, sempre intensa e linda.

Stefania se divertiu e mudou capítulos, coerência e beleza aninhados naqueles olhos tão azuis e queridos.

Zé, irmãozinho de anos, gostou quando se sentiu subjetivo.

Clícia confundiu sua respiração com a dos personagens, proeza poética que sempre me motivou.

Goimar me desafiou um dia, depois gostou, achou no texto um título e escreveu a apresentação, lindamente generosa, muito querida e admirada. Me mantém nos meus trilhos e segue nos dela, tão bonitos.

Carol traduziu o texto em imagem, desenhou a vontade de ler. Belíssima capa.

Cynthia revisou minhas estranhices, cúmplice, se a língua pode ser uma mãe severa ela me ajudou a encontrar minha bela amante e companheira – emprestado do Guimarães Rosa por pura admiração.

Lu editou com alegria, foram muitas conversas gostosas, muitas ideias, ela sempre tem.

Muito difícil agradecer sem lágrimas tanto carinho, vão manchando as páginas, os beijos em cada.

Vânia Andrade Pimenta de Pádua

Olga Ferreira

Maria Cecília Mansur

Stefania Becattini Vaccaro

José Alexandre Leão

Clícia Assumpção Martarello de Conti

Goimar Dantas

Caroline Gischewski

Cynthia Andrade

Luciana Tanure

1ª edição [2020]

Esta obra foi composta em Electra
sobre papel Pólen Bold 70 g/m²
para a Quixote+Do Editoras Associadas.

MISTO
Papel proveniente de
fontes responsáveis
FSC
www.fsc.org
FSC® C092828

PRINTED WITH
SOY INK®